AF272425

Pultti ja Pöltsi

SIDOROW KERTOO TOTUUDEN

Risto Rantanen

Pultti ja Pöltsi

SIDOROW
KERTOO
TOTUUDEN

Nuorisodekkari

Kannen suunnittelu: Risto Rantanen
Sisuksen taitto: Risto Rantanen

Kustantaja: BoD · Books on Demand GmbH, Helsinki, Suomi
Kirjapaino: Libri Plureos GmbH, Hampuri, Saksa

ISBN: 978-952-80-8284-2

Sisällys

Esipuhe

Arvoisa lukija!

Tämä on järjestyksessään jo kolmas "Pultti ja Pöltsi" -kirjani. Toisin kuin edelliset teokseni, tämä kirja ei ole syntynyt yhden valtaisan inspiraation vallassa. Ei, tämän kirjan takia olen joutunut vaivaamaan molempia aivosolujani. Olen jopa syyllistynyt sellaiseen tapojeni vastaiseen toimintaan, että olen kaavaillut kirjan juonta etukäteen. Olen miettinyt sitä tekosyyksi asti. Tekosyyksi sille, etten ole saanut kirjoitettua aikaisemmin.

Tässä tämä nyt kuitenkin on. Halusitte tai ette.

Tapahtumat sijoittuvat edelleen Humpulan kaupunkiin, halusitte tai ette. Elämänmeno Humpulassa on yleensä rauhallista, mutta yltyy tässä kirjassa epätavallisen värikkäisiin, jopa väkivaltaisiin mittoihin.

Suosittelen lukemaan myös kaksi edellistä kirjaani "Pultti ja Pöltsi lukitun oven takana" ja "Pultti ja Pöltsi Humpukan perunamuusi", koska tämä kirja on siinä mielessä jatkumoa noille kirjoille, että henkilöt ja paikat ovat osittain samoja, ja edellisissä kirjoissa esiteltyjä henkilöitä ja paikkoja ei tässä kirjassa enää esitellä uudelleen, vaan oletetaan lukijan olevan perillä Humpulan kaupungista ja siellä vaikuttavista ihmisistä.

Kerrottakoon myös lukijalle tiedoksi, että tämä tarina on saanut innoituksensa "P.Sidorow"-merkkisestä vanhasta ompelukoneesta, jollaisen omistan, ja joka on tämän kirjan kansikuvana. P.Sidorowin Suomalainen Kalustokauppa on toiminut Helsingin keskustassa aikavälillä 1897-1930, ja Helsingin kaupunginmuseon tiedon mukaan tuonut maahan ja myynyt näitä nimellään varustettuja ompelukoneita 1910-1919. Ei liene tarkkaan tiedossa, kuinka harvinainen kapine se nykyisin on.

Nousiaisissa 14.04.2024

Risto Rantanen

1. Kumiantura vingahtaa

Tämän kulkuvälineen kumiantura oli jauhanut Humpulan katujen epätasaisia asfalttipintoja sileämmiksi jo monta vuotta. Ajan hammas oli sitä jo väkevällä otteellaan jäytänyt, eikä se enää ollut uuden veroisessa kunnossa. Kumipyörien päällä ehtoisaa aikaansa viettävän ajoneuvon uutuuden kiilto oli jo vuosia sitten varissut pois. Pellit eivät enää kiiltäneet uutuuttaan. Maalipinta oli haalistunut ja kyljet olivat jo vähän kuhmuiset. Tai paljonkin kuhmuiset, antaen katsojalleen etäisen mielikuvan kaikista niistä kiireellisistä – jopa jännittävistäkin – toimituksista, joihin ajoneuvo oli elämänsä aikana saanut osallistua. Ruostettakin vähän näkyi siellä täällä, ja jos tarkemmin olisi päässyt tutkimaan, sitä olisi auton korin koteloissa ja peltisaumoissa piileskellyt enemmänkin. Mutta tämän ajoneuvon syvimpiä sopukoita ei kukaan, ei edes paikallinen katsastusherra, uskaltanut lähemmin tutkia. Ajoneuvo oli yksilö, jota Humpulan kokoisen kaupungin katukuvassa ei mitenkään voinut sekoittaa mihinkään toiseen. Ei siinäkään tapauksessa, jos toinen samanlainen olisi kaupungissa ollut. Mutta samanlaisia ei ollut.

Auto seisoi parkissa vakiopaikallaan torin reunalla. Siinä se oli aina totuttu näkemään, osana Humpulan vähäväkistä torimiljöötä. Ei sitä kukaan halunnut siitä muualle häätää, vaikka auton omistavan tahon takapihalla olisi ollut tarjolla parkkipaikat talon asukkaille ja liikehuoneistojen haltijoille.

Ehkä talossa ajateltiin, että edes yksi parkkiruutu pihalla on parempi säästää lasten leikkejä varten. Siitäkin huolimatta, että ainoana virikkeitä antavana ominaisuutena piha tarjosi vain nämä asfalttiin valkoisella maalilla rajatut parkkiruudut ja niitä täyttävät autot. Ajatus voitiin tosin kyseenalaistaa sillä verukkeella, että yhtäkään lasta ei talossa asunut. Lapsiperheet olivat siirtyneet ydinkeskustan ulkopuolelle, siis parin korttelin päähän. Pienellä kaupungilla oli myös etunsa. Etäisyydet olivat lyhyet.

Tämä kyseisen ajoneuvon ympärillä vallitseva lintu-kotomaisen rauhallinen idylli oli juuri järkkymässä. Ajoneuvon joutilaisuus oli vakavasti uhattuna.

Molemmilta sivuilta autoa lähestyi pari määrätietoisia askeleita. Askeleiden kopina asfalttia vasten pysähtyi auton vierelle. Molemmat etuovet tempaistiin auki tottuneen varmalla ja ripeällä otteella. Ovet eivät olleet lukossa. Niiden lukitseminen olisi ollut tarpeetonta. Tätä autoa ei Humpulassa kukaan uskaltanut varastaa. Jokainen kaupunkilainen ymmärsi, että tähän autoon kajoaminen olisi tuskallisen itsemurhan veroinen teko, ja sellaisen kohtalon, jos se jollakin harkinnassa olisi, voisi tehdä lukuisilla huomattavasti kivuttomammilla tavoilla.

Ainoa, mikä lähtöprosessissa jaksoi osoittaa vastahakoisuutta, oli auton starttimoottori. Se äännähteli ja rutisi hieman vastahakoisesti, kunnes suostui pyörittämään moottoria sen verran, että auto käynnistyi. Käynnistymisensä auto kuulutti ympäristöön äänekkäällä pakoputken prötinällä ja muhevalla pakokaasupilvellä. Renkaat vinkaisivat lisäten asfalttiin muiden äkkilähdöstä kielivien jälkien seuraksi yhden lisää, kun auto lähti kuljettamaan kahta päättäväisen oloista henkilöä kohti määränpäätä.

Toisaalla oli samaan aikaan meneillään eräänlainen juoksukilpailu. Kyseessä ei ollut normaali aamuhölkkä, vaan panoksena kilvassa on juoksijan henkiriepu. Eikä vauhdin puolestakaan voitu puhua hölkkäämisestä, vaan pikemminkin parin kilometrin mittaisesta pikajuoksusta, jossa ratamailin maailmanennätys olisi ollut kevyttä tavaraa, jos aikaa olisi mitattu. Rikollisagentit tappavia luoteja syöksevine käsiaseineen roikkuivat aivan pakoon pinkojan kintereillä. Tilanne vaikutti jo kovinkin tukalalta. Mutta sattuma tuli apuun. Sarjakuvalehden sankari ehti täpärästi pelastua hyppäämällä sokkona kadulla olleeseen avoimeen viemärikaivoon. Tämäkin teko vaikutti vaaralliselta, mutta se tarjosi edes pienen henkiin jäämisen mahdollisuuden. Musta aukko imaisi hengästyneen sankarin syvyyksiinsä, eikä tämä voinut aavistaa, minne päätyisi. Onneksi pian kuitenkin osoittautui, ettei musta viemäri ollutkaan viemäri, vaan maanalaisen junatunnelin tuuletuskanava. Likaisen viemäriveden sijasta sankarimme putosikin kissamaisen pehmeästi alitse rymistelevän metrojunan katolle, joka kiidätti hänet jonnekin kauas pois takaa-ajavien pyssyjään paukuttelevien roistojen tavoittamattomiin. Vaara oli vähäksi aikaa ohi.

Pultti nosti silmänsä sarjakuvalehdestä ja katsahti ikkunasta ulos kadulle. Miksi minulle ei koskaan tapahdu mitään noin

13

jännittävää, hän tuumaili. Tai miksi ei ylipäätään tapahdu mitään? Toisaalta, omaa mielikuvituksettomuuttahan sekin oli. Kadulla nimittäin näkyi viemärin kansi. Eipä ollut koskaan tullut mieleen avata kantta ja hypätä jalat edellä sokkona alas viemäriin. Ainakin siinä suhteessa sarjakuvalehti vetäisi pidemmän korren, että Humpulassa alapuolella taatusti odottaisi viemäri. Metrojunia ei Pultin tietojen mukaan täällä kulkenut.

Äkkiä Pultin tylsistyneet aistit terästäytyivät. Hän mietti, oliko vain sarjakuvalukemiston aikaansaamaa mielikuvituksen tuotetta, että ulkoa kuului metrojunan rymistelyä muistuttava ääni. Ei sittenkään junan, vaan se olikin auton ääni. Se ei kaupungissa tietenkään ole kovin poikkeuksellista, mutta Pultti tunnisti äänen. Se oli nimenomaan erään tietyn auton ääni. Kaupunkilaispojan kokemuksellaan Pultti tiesi, miltä etäisyydeltä tuo ääni jaksoi kantautua taloon sisälle. Nyt ääni kuului selvästi, joten auto ei ollut kaukana. Ja se läheni. Pultti katsoi huoneessa ympärilleen. Hän ei tiennyt, pitäisikö tulossa olevaan autoon jotenkin varautua. Pitäisikö piiloutua varmuuden vuoksi sängyn alle? Vai kannattaisiko nyt juuri hypätä viemäriin? Ei sittenkään. Se oli myöhäistä. Renkaat ja jarrut vinkaisivat kilpaa kadunkulmassa, ja auto kääntyi Pultin kotikadulle.

Työtehtävänsä vastahakoisuutta protestoiden jarrut kiljahtivat uudestaan auton seisahtuessa. Sen liike-energia uupui täsmälleen Pultin kotitalon kohdalle. Ja samalla myös Pöltsin kotitalon kohdalle, joka asui vastapäätä. Pultti jähmettyi ikkunan ääreen, mutta siirtyi sen verran kauemmas, ettei häntä ollut ulkopuolelta helppo havaita. Auto herätti pelonsekaista kunnioitusta, sillä Pultti tunsi sen ennestään. Hän oli kerran jopa ollut sen kyydissä. Eikä se ollut millään mittapuulla arvosteltuna ollut miellyttävä kokemus.

Auton etuovet avautuivat yhtaikaa. Autosta kuoriutui ulos kaksi herrasmiestä, joista näkövammainenkin ohikulkija olisi heti nähnyt, kuinka huoliteltu ulkonäkö on pelkkää harhaanjohtavaa rekvisiittaa. Vaaran uhma väreili kadulla, kunnes – edelleen täysin samanaikaisesti – toinen miehistä lähti kohti Pultin, ja toinen vastakkaiseen suuntaan kohti Pöltsin taloa. Pultti otti vielä yhden askeleen poispäin ikkunasta ja harkitsi piiloutumista eteisessä hyrisevään pakastimeen. Herrojen kaksisuuntainen matka kuitenkin pysähtyi toisen askeleen jälkeen. Molemmat pyörähtivät ympäri, edelleen täysin samanaikaisesti, ja seurasi lyhyt, mutta kiivaan näköinen sananvaihto, jota Pultti ei kuitenkaan voinut kuulla. Sananvaihdon jälkeen miehet saavuttivat yhteisymmärryksen, ja suuntasivat molemmat kohti Pöltsin taloa.

Pultti muisti taas hengittää, otti askeleen lähemmäs ikkunaa, terästi katsettaan, ja unohti pakastimen.

Auto jäi yksin seisomaan kadulle haittaamaan näkyvyyttä. Sen etuovessa oli edustamansa organisaation mainostarra, yhtä lailla kulunut kuin auto muutenkin.

Samaan aikaan pahaa aavistamaton Pöltsi silmäili keittiön pöydän ääressä Humpulan Sanomia. Tyhjästä tekaistun tuntuiset uutiset lipuivat Pöltsin silmien ohi herättämättä mitään mielenkiintoa. Kaupungin puistonpenkkien maalaus keltaisiksi, tai päiväkotilasten vatsatauti, tai jonkun paikallisen yrityksen taloudelliset haasteet eivät herättäneet minkäänlaista mielenkiintoa. Humpulan Puutarhurit (HUPU) yritti puuhata kaupunkiin omaksi ilokseen ja turistien houkuttimeksi eläintarhaa. Humpuvedellä oli kalastajan katiskaan uinut merilohi. Kaupungin ränsistyneimpään osaan kaavailtiin kansalaisten toimintakeskusta. Läheisellä suolla oli nähty vesilintuja. Hyvä ettei krokotiileja. Paljon löytyi näinkin pienestä kaupungista uutisoitavaa, enemmän tai vähemmän tärkeää asiaa.

Ovikellon pimputus katkaisi lehden lukemisen kesken uutista, jonka mukaan peuran lihasta oli kehitetty uudenlainen makkara, joka soveltui sekä ihmisten että eläinten terveysvaikutteiseksi ruuaksi tappamatta suuremmassa määrin kumpiakaan. Pöltsi viritteli kuulonsa ääriherkkyyteen toivoen jonkun muun vaivautuvan ovelle, vaikka tiesi, ettei muita ollut kotona. Ei siksi, että lehti ja sen uutiset olisivat olleet kovin kiinnostavia, vaan siksi, että Pöltsi ei tuntenut oloaan kovin toimeliaaksi, hän huokaisi vastahakoisesti, työnsi sanomalehden syrjään, ja laahusti avaamaan oven. Hän arveli, että ovella saattaisi olla Pultti, joka tylsistyneenä kaipaa seuraa. Tai parhaassa tapauksessa Pultilla saattaisi olla jokin päivän tekemisiin liittyvä mukava ajatus.

Avattuaan oven Pöltsi hätkähti ja kavahti askeleen taaksepäin.

Ovella seisoi vartiointiliike Nokonen & Tirsan pelonsekaisia tunteita herättävistä henkilöistä Niko Nokonen. Hänen nariseva yhtiökumppaninsa Unto Tirsa seisoi taaempana hänen selkänsä takana. Niko Nokonen näytti kummalliselta. Hänen ilmeensä ei ollut tavanomaisen valpas ja uhkaava, vaan pikemminkin epätoivoinen ja anova. Nokosen silmäkulma näytti kostuneen. Hän pälyili hermostuneesti ympärilleen ja yritti kurkistaa sisään taloon saadakseen selville, onko muita ihmisiä kotona. Hän ei ilmeisesti halunnut ylimääräisä kuulijoita. Parin sekunnin jälkeen hän päätyi oikeaan johtopäätökseen, että ylimääräisiä kuulijoita ei ollut lähettyvillä.

- Auttakaa meitä! parahti Nokonen Pöltsille.

2. Etsiväkaverusten apua tarvitaan jälleen

Pultti katsoi herkeämättä ikkunastaan edessä tapahtuvaa näytelmää. Hän näki, kuinka Pöltsi avasi ovensa Nokoselle. Mitä tapahtuisi seuraavaksi? Ottaisiko Nokonen Pöltsin rautaiseen otteeseensa ja raahaisi jonnekin pois? Mutta miksi? Mitä sellaista Pöltsi olisi voinut tehdä, joka olisi johdattanut vartiointiliikkeen gorillat hänen ovelleen? Ja miksi Nokonen ja Tirsa olivat ensin lähteneet eri taloja kohti? Eivätkö he tienneet, missä Pöltsi asui?

Kysymyksiä pulpahti ilmoille paljon. Mutta vastauksia ei pulpahdellut. Mitään silmin nähden pahempaa ei kuitenkaan alkanut tapahtua. Nokonen ei hyökännyt Pöltsin kimppuun, eikä lähtenyt retuuttamaan häntä mukanaan. Tappelua ei syntynyt. Ammuskelua ei kuulunut. Tunnelma kadun toisella puolella vaikutti pysyvän rauhallisena. Aivosopukoista pulppuavien kysymysten kirjo karkotti Pultin päästä viimeisenkin pelon rippeen, joten hän päätti hankkiutua kadun toiselle puolelle ottamaan selvää, mistä tällä kertaa mahtoi olla kysymys. Eihän käynyt laatuun, että vain puolet etsiväkaveruksista saa osansa mielenkiintoisista asioista. Sillä mielenkiintoisesta asiasta oli väistämättä kysymys siinä tapauksessa, kun paikallisen vartiointitoimiston henkilöstö saapuu heidän juttusilleen. Ja mikä tärkeintä, etsiväkaverukset pitävät yhtä. Kaveria ei koskaan jätetä pulaan.

Kadun toisella puolella Pöltsi nielaisi ja yritti näyttää normaalilta.

- Älä pelästy, rauhoitteli Nokonen, - Me tulimme pyytämään apuanne. Ihan oikeasti. Me olemme vähän pulassa.
- Okei? ihmetteli Pöltsi. Hän mietti hetken, miten tähän odottamattomaan avunpyyntöön suhtautuisi. Yksi asia oli selvää. Hän ei halunnut vartiointiliikkeen herroja sisälle kotiinsa. – Tuota, sopiiko että jutellaan siellä pihan puolella?

Samaan aikaan Pöltsi huomasi, kuinka Pultti pullahti ulos kotitalonsa ovesta ja kiiruhti kadun yli paikalle. Myös Nokonen kuuli Pultin askeleet ja katsahti olkansa yli selvittääkseen itselleen, kuka tunkeutui paikalle Tirsan selustavartioinnin läpi. Noteerattuaan Pultin persoonan Nokonen liikautti leukaansa millin verran Pultin läsnäolon hyväksymisen merkiksi. Hänellä ja Tirsalla ei tuntunut olevan mitään sitä vastaan, että Pulttikin liittyi kuulijakuntaan.

- Sopiihan se, nyökkäsi Nokonen. – Ja hyvä kun sinäkin tulit Pultti, sehän se nimesi oli? Oikeastaan halusimmekin puhua teille molemmille.

Myös Tirsa hivuttautui sen verran lähemmäs, että hänetkin voitiin tulkita kuuluvan osaksi keskustelijaryhmää. Kun kaikki tuntuivat asettautuneen paikoilleen, Pöltsi kysyi:

- Vähän nyt kiinnostaisi tietää, mistä tässä oikein on kysymys?

19

Nokonen vilkaisi vielä pikaisesti ympärilleen varmistaakseen, ettei lähellä ole asiattomia kuulijoita. Pöltsi arveli sen olevan eräänlainen ammatin mukanaan tuoma manööveri. Pöltsi ehti jo tuumailla, millaista mahtaa olla elämä, kun joka kerran suunsa avatessaan – vaikka vain haukotellakseen - täytyy ensin päästä selvyyteen havainnointietäisyydellä piilevistä lajitovereista. Kun ketään ei näkynyt, Nokonen alkoi hitaasti avautua.

- Meillä on alkanut mennä huonosti.

Siis todella hitaasti. Pöltsi odotti jatkoa ja katsoi Nokoseen kysyvästi.

- Jassoo?
- Taloudellisesti siis, tarkoitan.
- No mutta sepä haus... ikävää, totesi Pöltsi ja yritti samaistua Nokosen murheeseen. – Valitettavasti vaan me emme osaa antaa teille yritystaloudellisia neuvoja. Tai rahaa. Yritättekö myydä firmaanne meille?
- Emme. Syy on siinä, että meiltä katoaa asiakkaita.
- Ahaa, nyökytteli Pöltsi. – Myönnettäköön, että ominta mukavuusaluettamme on nimenomaan kadonneiden tavaroiden etsiminen, mutta omaa toimenkuvaamme laajentaaksemme täytyy linjata, että myös ihmisten tai firmojen katoamisten selvittely lähentelee jo osaamisaluettamme.
- En tarkoita katoavia ihmisiä, vaan nimenomaan firmoja ja yrityksiä, täsmensi Nokonen.

- Ahaa, vai niin, myönteli Pöltsi ymmärrettyään asian sisällön. - Mutta firmojen katoamiselle emme oikein osaa tehdä mitään. Miten ne katoavat?
- Ne katoavat meidän asiakaspiiristämme siten, että ne irtisanovat sopimuksensa meidän kanssa.
- Niinkö ne tekevät? Onko siinä jotakin hämärää tai laitonta? uteli Pöltsi.
- Ei, en ole puhunut laittomuuksista, vastasi Nokonen. – En vielä. Joskaan en sulje sitä mahdollisuutta poiskaan. Mutta kuten tiedätte, me emme ole poliiseja, emmekä voi sellaisiksi ryhtyä.
- Oletteko sitten olleet yhteydessä poliisiin? heitti Pultti välikysymyksen.
- Emme tietenkään, kivahti Nokonen. – Miten voisimme? Ei meillä ole mitään näyttöä rikoksesta. Siksi me tulimme teidän luoksenne.

Seurasi hetken hiljaisuus. alkoi vaikuttaa siltä, että Nokonen ei ollut kovin halukas kertomaan kaikkia yksityiskohtia. Niinpä Pöltsi kysyi edelleen:

- Haluatte siis saada meidän avulla todisteita rikoksista?
- No tavallaan osittain ehkä kyllä.
- Kuulostatte kovin varmalta. Onko teillä mitään tietoa siitä, minne teidän asiakkaanne katoavat. Lopettavat vain sopimuksen ja jäävät ilman vartiointia?
- On meillä käsitys, vastasi Nokonen.
- Niin?

21

- Mutta tämä on vain oletus, ja useinhan olettamukset ovat erehdysten lähtökohta. Mutta jonkinlainen tosiasia lienee, että meille on tullut kilpailija, puuskahti Nokonen.
- Ja se vie meidän asiakkaat! töräytti jo Tirsakin jatkoksi.

Pöltsi katsoi Pulttiin. Pultti katsoi takaisin. Kumpikaan ei oikein tiennyt, miten tähän uutiseen suhtautuisi. Lopulta Pultti otti kantaa asiaan:

- Myöskään yritysten välinen kilpailu ei oikein kuulu meille. Ymmärtääkseni sellainen on tavallista yritysmaailmassa.

Nokonen rykäisi.

- Me emme tiedä, ovatko meiltä lähteneet asiakkaat tehneet sopimuksia kilpailijan kanssa, mutta oletamme, että ainakin jotkut ovat. Lisäksi meillä on pieni epäily, että tämä kilpailija käyttää asiakkaiden hankinnassaan kyseenalaisia keinoja.

Etsiväkaverukset vaihtoivat jälleen katseita. Kiinnostuksen pilkahdus syttyi jo molempien silmiin.

- Millaisia sitten ovat nämä teidän kyseenalaisiksi katsomanne keinot? tiedusteli Pöltsi. – Uhkailuja? Lahjontaa? Kiristystä?
- No, jatkoi Nokonen. – Mehän olemme vartiointiliike, ja toimintamme perustuu siihen, että hälytyksiin reagoinnin lisäksi käymme vartiointikierroksellamme asiakas-

yritystemme kiinteistöissä päivittäin tarkistamassa, että kaikki on rauhallista. Emme tietenkään pysty vartioimaan paikalla jatkuvasti. Suoritamme vartiointia kuitenkin ilman sidottua aikataulua, eli kukaan ei voi tietää, milloin tulemme vartiointikäynnille. Silloin kukaan ei osaa arvata milloin saatamme tulla.

- Kuulostaa tähän asti järkevältä, myönteli Pultti.
- Paitsi, puuttui puheeseen Tirsa. – Paitsi jos joku kyttää paikalla, ja iskee pian sen jälkeen, kun olemme lähteneet. Silloin hän osaa olettaa, ettemme tule heti takaisin.
- No selvä, sanoi Pultti. – Kyttääminen kuulostaa jo hämärältä puuhalta, mutta ei se vielä laitonta ole. Ja oletteko joskus kokeillut mennä samaan kohteeseen heti uudestaan?

Nokonen käännähti ja katsoi Pulttiin. Hän alkoi olla jo enemmän oma itsensä. Katse kertoi Pultille selkeän "etkö sinä vähä-älyinen nyt ymmärrä" –sisältöisen viestin. Pultti siirtyi puoli askelta ja antoi Nokosen jatkaa.

- On sitäkin kokeiltu. Nyt on käynyt niin, että meidän asiakkainamme olleissa yrityksissä on sattunut kaikenlaista ikävää. Yleensä on tapahtunut jotakin, rikkoutumisia, muita "vahinkoja", ikään kuin kiusantekoa, mutta nämä rikkoutuneet tai vahingoittuneet asiat tai välineet ovat olleet omistajalleen jollakin tavalla tärkeitä. Emme ainakaan tiedä enemmästä. Sitten he ovat ottaneet yhteyttä meihin, ja sanoneet ettei meistä ole mihinkään, koska vartioinnistamme huolimatta tapahtuu kaikenlaista. Oletamme, että pian tällaisen tapahtuman jälkeen on

23

kilpailevan vartiointiliikkeen markkinoija tullut vierailulle. Ikään kuin sattumoisin juuri silloin. Hän on kenties onnistunut vakuuttamaan, että heidän vartioimaansa liikkeeseen tai yritykseen ei murtauduta. Saattavat lisäksi tarjota jotakin, mitä me emme tarjoa, mutta en tiedä mitä se voisi olla. Seuraukset ovat joka tapauksessa olleet kannaltamme ikäviä.

Pultti ja Pöltsi nyökkäsivät. Pultti katsoi viisaammaksi pysyä vaiti, mutta Pöltsi jatkoi:

- Nyt tämä kuvio alkaa seljetä meillekin. Te siis epäilette, että kilpailija ikään kuin järjestelee asioita ja petaa itselleen otollisen markkinatilanteen.
- Aivan, sanoi Nokonen hänelle harvinaisen hiljaisella äänellä.
- Mutta eikö teidän asiakkaillanne ole yritystiloissaan minkäänlaisia hälytyslaitteita? ihmetteli Pöltsi.
- Joillakin on, joillakin ei ole, vastasi Nokonen. – Joillakin on koira. Joillakin on pirisevä hälytyskello tai sireeni, joka soi vain yrityksen tiloissa, tarkoituksena pelottaa murtautuja pois, mutta sellainen ei hälytä ketään paikalle. Emme voi pakottaa ketään hankkimaan kunnollisia hälytyslaitteita, mutta emme voi myöskään luvata, että tulisimme paikalle ennen seuraavaa normikierrostamme, jos emme saa hälytystä.
- Ettepä tietenkään. Eikö kenelläkään ole valvontakameroita?
- Me olemme toimittaneet valvontakameran virkaa, vastasi Tirsa. – Ne, joilla on kamerat, tai muuten mielestään hyvät

24

hälytyslaitteet, luottavat niihin, eivätkä pidä vartiointia ollenkaan välttämättömänä.

- Eikö mieleenne ole tullut, että kilpailija voi yksinkertaisesti vain tarjota palvelujaan halvemmalla? kysäisi Pultti.
- Varmaan niin tekevätkin, vastasi Nokonen. – Heillä ei ole toimistoa eikä juurikaan kiinteitä kuluja. Kuulemma vain kaksi henkilöä ja auto.
- Tiedättekö kilpailijanne nimen? Tai jotakin yhteystietoja? kysyi Pöltsi.
- Emme, sanoi Nokonen. – Se on kyllä vähän omituista. He ovat onnistuneet pysyttelemään salassa. Eivät mainosta itseään missään, eikä heillä ole osoitetta. Tietysti sen saisi selville kysymällä jostakin yrityksestä, joka heidän kanssaan on tehnyt sopimuksen, mutta ylpeytemme ei ole antanut periksi mennä kysymään.

Pöltsi tunsi keskustelun tulleen tässä vaiheessa kulminaatiopisteeseensä, ja esitti oleellisimman kysymyksen:

- No mitä tarkkaan ottaen haluatte meidän tekevän?

Nokonen meni hämilleen ja näytti hetken siltä, kuin ei olisi tullut ajatelleeksi tätä asiaa lainkaan etukäteen. Hetken mietinnän jälkeen hän tuumaili:

- Ainakin ensi alkuun voitte vakoilla niitä firmoja, jotka meillä vielä on asiakkaina. Eikä olisi pahitteeksi, jos käytte vähän juttelemassa niissäkin, jotka jo menetimme.

25

Jos vaikka myöhemmin saisimme edes osan niistä takaisin.

- Ja sitten on se tilitoimisto, parahti Tirsa.
- Älä sekoita sitä tähän, kivahti Nokonen välittömästi takaisin. – Se on eri juttu.
- Mikä tilitoimisto? kysyi Pöltsi kuitenkin.

Nokonen huokaisi ja mietti tovin.

- No, meidän kirjanpitomme hoitaa tilitoimisto Summa & Mutikka. Kuten kaikkien tämän kaupungin muidenkin yritysten kirjanpidon, koska se on kaupungin ainoa tilitoimisto. Heidän toimintansa vähän epäilyttää, koska joka ainoa vuosi he saavat tulot ja menot epätasapainoon siten, että meille mätkähtää lisäveroja.
- Se on tietenkin epämukavaa, myönsi Pultti.
- Mutta me emme vartioi heitä, joten antaa sen asian olla, sanoi Nokonen.

Etsiväkaverukset nyökkäsivät ja päättivat olla kyselemättä tilitoimistosta sen enempää. Pöltsi vilkaisi Pulttia, joka näytti jo innokkaana kuopivan lähtökuopissaan päästäkseen asian kimppuun.

- No mutta, pohdiskeli Pöltsi. – Minä luulen, että voisimme ainakin yrittää auttaa teitä. Ehkä meidän kannattaisi jäädä teidän vartiointikohteen lähelle väijyyn sen jälkeen, kun te olette ensin käyneet paikalla.

Pieni hymyn häivähdys nousi Nokosen suupieleen. Silmäkulmastaan hän vilkaisi salaa Tirsaan, joka ummisti silmänsä sekunniksi tavalla, joka alan piireissä voitiin tulkita nyökkäyksen merkiksi. Pöltsi aisti ilmapiirin sulaneen kuin lumi juhannuskokossa, ja päätti lisätä panoksia:

- Mutta yhdellä ehdolla kuitenkin.

Pultti kohotti kulmakarvojaan. Mitä Pöltsi mahtoi nyt keksiä? Nokonen hukkasi hymynsä kuin sätkyn saaneena, eikä miettinyt yhtään, vaan vastaus tuli välittömästi:

- Kerro ehtosi.

Pöltsi yritti ottaa vakavan ilmeen.

- Emme halua rahaa, mainetta, kunniaa, emmekä myöskään ylimääräisiä hankaluuksia. Me Pultin kanssa haluamme pelkästään, että tästä eteenpäin ollaan kavereita. Haluamme, että tehdään hyvässä hengessä yhteistyötä jatkossa puolin ja toisin. Riippumatta kulloisestakin asiasta. Ja siitä huolimatta, onnistummeko lopulta auttamaan teitä tässä asiassa.

Ensimmäistä kertaa tämän keskustelun aikana Nokonen kääntyi katsomaan kohti Tirsaa, joka tällä kertaa näkyvästi nytkäytti päätään hyväksynnän merkiksi. Myös Pöltsi katsoi Pulttiin, joka nosti peukalonsa.

- Laillisuuden rajoissa tietenkin. Olette tästä lähien aina tervetulleita toimistoomme, asiasta riippumatta, vastasi Nokonen. – Hankimme sinne teitä varten vierastuolit. Jo tänään.

Pöltsi tulkitsi tämän siten, että ehto oli hyväksytty.

- Haluamme seuraavaksi listat jäljellä olevista ja menetetyistä asiakkaistanne. Ja tietoa parin seuraavan päivän aikataulustanne. Nämä nyt ensin alkuun.
- Onko kynää ja paperia?

Pöltsi nouti sisältä vihkon ja lyijykynän, ja ojensi ne Nokoselle, joka raapusti vihkoon joukon merkintöjä, kunnes ojensi vihkon takaisin Pöltsille.

- Palaverimme lienee päättynyt, Nokonen totesi. – Kiitämme avustanne etukäteen.
- No no, älkääpä vielä kiitelkö, kainosteli Pöltsi, mutta vartiointiliikkeen herrasmiehet olivat jo käännähtäneet kannoiltaan ja marssivat määrätietoisin askelin kohti ajoneuvoaan.

Pakoputken prötinä kaikui hetken talojen seinistä. Merkiksi vierailusta jäi muheva pakokaasupilvi, jonka tuuli puhalsi tiehensä. Vartiointiliike Nokonen & Tirsa oli poistunut paikalta.

3. Rasvakeitin kiukuttelee

Pultti ja Pöltsi saivat Nokoselta ja Tirsalta kaksi listaa, joissa oli firmojen nimiä ja yhteystietoja. Yhdessä listassa oli menetetyt asiakkaat, joita vartiointiliike oli jäänyt kaipaamaan, ja toisessa sellaiset jäljellä olevat asiakkaat, joiden mahdollisesta menetyksestä Nokonen ja Tirsa olivat huolissaan. Kumpikaan lista ei ollut pituudella pilattu. Salaisuudeksi jäi, kuinka pitkä lista olisi syntynyt ryhmästä "muut". Varmastikin oli lisäksi vielä joukko yrityksiä, jotka eivät kuuluneet vartiointiliikkeen asiakaskuntaan lainkaan.

Ajatus noiden yritysten tonkimisesta alkoi yhtäkkiä tuntua työläältä. Pultti ja Pöltsi maleksivat kaupungilla, jossa jokin näkymätön vetovoima sai heidät lähestymään Rasva-Repen grilliä. Tätä verratonta katuravintolaa lähestyessään molemmat huomasivat, että grillin ulkopuolella istui hahmo. Hahmo oli jo fyysisten ulottuvuuksiensa puolesta helppo tunnistaa itse Rasva-Repeksi. Pultti ja Pöltsi istahtivat Rasva-Repen seuraksi samaan pöytään. Rasva-Repe nosti katsettaan ja tervehti etsiväkaveruksia vaisusti.

- Mikä on? kysyi Pöltsi.
- Saataisko makkaraperunat? kysyi Pultti.
- Ette saa, murahti Rasva-Repe. – Ette ainakaan tänään. Huomenna iltapäivällä aikaisintaan.

- Mikä mättää? kyseli Pultti edelleen. – Onko perunasato pilaantunut? Vai onko tullut makkaralakko?

Rasva-Repe rykäisi ja ryhdistäytyi tuolissaan.

- Ei tässä mitään ihmeempää ole, hän vastasi vähän vältelleen. – On vaan vähän toimeton olo, ja se vetää mielen matalaksi.
- Kysytään nyt vielä kolmannen kerran, jatkoi Pöltsi. – Ja neljättä kertaa ei kysytä. Siis, mitä on tapahtunut? Voimmeko jotenkin olla avuksi?
- Tuskinpa voitte. Ei tässä muuta kuin että grillin rasvakeitin meni rikki. Ei sen kummempaa. Ettekä te voi rasvakeittimiksi muuttua. Luulen ainakin niin.
- No emme voi, myönsi Pultti. – Miten se meni rikki?
- Siten, selvitti Rasva-Repe, - että se lakkasi toimimasta. Eilen se toimi moitteettomasti, tänään se ei enää lämpene. Ei ollenkaan. Eikä Humpulassa ole rasvakeitinkauppaa, josta saisi korjaajan tai varaosan tai uuden keittimen heti. Huoltomies tulee huomenna aamulla. Tai ainakin lupasi tulla.
- Onko töpseli varmasti seinässä? Ja sulakkeet ehjät? kysyi Pultti.

Rasva-Repe ampui Pulttia sellaisella katsella, joka olisi tappanut kauppatorin yllä ravinteita vaanivan lokin suoraan lennosta.

- On kuule tarkistettu. Voit uskoa, että ne kävin läpi heti ensimmäiseksi.

Äkkinäisen reaktion seurauksena syntyi kiusaantunut tauko.

- Entä onko takaovessa murtojälkiä? uskalsi Pöltsi hetken kuluttua kysyä varovaiseen äänensävyyn.

Rasva-Repe päästi rasvaisen naurahduksen.

- Voi teitä pojat! Tekö epäilette heti, että joku olisi murtautunut tänne pelkästään rikkoakseen rasvakeittimen? Miksi, kysyn minä? Miksi kukaan tekisi sellaista? Murtautuja olisi varastanut koko keittimen, sanon minä. Tai jotain muuta. Joku järki sentään rikollisillakin on.
- Siis kysyin, onko takaovessa murtojälkiä, toisti Pöltsi.
- Ei ole. Tai on, vastasi Rasva-Repe. – Se on niin vanha, ja siinä on jo niin paljon jälkiä, ettei niistä kaikista kolhuista salapoliisikaan ota enää selvää.
- Eli et ole edes tutkinut, päätteli Pultti.
- Kysynpä nyt vielä, vartioiko Nokonen & Tirsa tätä sinun grilliäsi? uteli Pöltsi vielä.
- Miten se tähän rasvakeittimeen liittyy? heitti Rasva-Repe nerokkaan vastakysymyksen. – Rasvakeitin tässä vain on rikki ja sillä sipuli. Ei se vartioimisellakaan ehjäksi tule!
- Voisitko silti vastata? maanitteli Pöltsi vielä kertaalleen. – Kysyn siksi, että tämä saattaa liittyä yhteen toiseen tapaukseen.
- Ai teillä on joku juttu meneillään? innostui Rasva-Repe. – Sehän selittää sujuvasti rasvakeittimen ja murtojäljet ovessa ja lisäksi…
- Siis?

31

Jälleen pieni tauko, jonka aikana Rasva-Repe puhisi muutaman keuhkollisen verran katuilmaa sisään ja ulos. Hengityksen saatua osansa huomiosta hän huokaisi ja sanoi vältellen:

- No, kyllä ja ei. Tavallaan ehkä vähän vartioivatkin, mutta oikeasti eivät ehkä kuitenkaan.
- Voisitko olla vähän selväsanaisempi? vaati Pultti.
- Voisin, myöntyi Rasva-Repe. – He kävivät täällä kerran tarjoamassa vartiointipalveluaan. Siitä on jo pari vuotta. En tehnyt kirjallista sopimusta, koska tämän yrityksen budjetti ei sitä sallinut, mutta sovittiin, että he pitävät vähän grilliäni silmällä, ja minä tarjoan heille vastapalveluksena rahtusen verran rötväkkäämmät annokset kuin muille.
- Käyvätkö hekin täällä lounaalla? ällistyi Pultti.
- Eivät enää. Kävivät silloin muutaman kerran. Lisäsin heidän annoksiinsa sieniä ja äkäisemmät mausteet. Parin käyntikerran jälkeen heitä ei sen koommin näkynyt. Enkä ole ollut siitä pahoillani. Mainitut herrat eivät lukeudu tuttavapiirini ytimeen. Emme oikein ole samalla aaltopituudella. Luulen myös silmälläpidon loppuneen yhtä lyhyeen.
- Sen saatan uskoa, totesi Pöltsi. – Mutta tuo riittää siihen, että joku saattaa luulla, että olet heidän asiakkaansa.
- Ja mitä sillä sitten on väliä? äimisteli Rasva-Repe.
- No sitä, aloitti Pöltsi selityksen, mutta päättikin jättää selittämättä ja kysyi sen sijaan: - Voisitko sinä puolestasi tehdä meille pienen palveluksen?

- Tottahan minä teille teen mitä vaan, vastasi Rasva-Repe. – Paitsi en makkaraperunoita juuri nyt. Miten voin palvella?
- Kun tänne lähipäivinä tulee joku muu kuin Nokonen ja Tirsa tarjoamaan vartiointipalveluja, ota nimet ja yhteystiedot ylös. Ja paina mieleesi mitä he tarkkaan ottaen tarjoavat.
- No se järjestyy, lupasi Rasva-Repe. – Teroitan kynäni valmiiksi. Mutta halpaan en mene, ja mitään sopimusta en allekirjoita.
- Ei tarvitsekaan, sanoi Pöltsi.
- Tulemme huomenna katsomaan, onko rasvakeitin jo kunnossa, lupasi puolestaan Pultti.

Keskustelu katkesi, kun jostakin talojen takaa nousi äkkiä ilmoille sireenin ääni. Hälytysajoneuvo. Pultti ja Pöltsi reagoivat ääneen kuten ihmisillä on tapana, he nostivat katseensa saadakseen selville, mistä ääni oli peräisin. Silloin he havaitsivat, että toiselta puolelta kaupunkia, sen ränsistyneestä osasta, nousi musta savukiehkura.

- Tuo ei ole peräisin Nokosen ja Tirsan pakoputkesta, arveli Pultti.
- Haistan palaneen käryä, totesi Pöltsi.
- Mentiin, huudahtivat etsiväkaverukset yhteen ääneen.

33

4. Vuhvu palaa

Matka ei ollut pitkä. Pultti ja Pöltsi ehtivät paikalle vain hetken palokunnan jälkeen. Humpulan palokunta kelasi vasta paloautostaan sammutusletkuja ja oli kytkemässä letkua palopostiin. Vanhan puutalon toinen pääty oli kuitenkin jo tulipalon vallassa. Savua puski väkisin ulos talon kaikista raoista, ja liekit olivat vallanneet talon toisen päädyn. Ikkunoista näkyi savun seassa runsaasti liekkejä. Paikalle oli Humpulan kaupungin pelastuslaitoksen virallisen palokunnan lisäksi ennättänyt myös paikallinen vapaapalokunta. Tai oikeammin kyseessä oli vapaamuotoinen organisaatio, joka kutsui itseään vapaapalokunnaksi, kun eivät muutakaan nimeä keksineet, sillä heidän toimenkuvaansa kuului enemmänkin palonsammutusharrastuksen museoesineistön vaaliminen kuin itse tulipalojen sammutus, mikä oikein olikin, sillä tositilanteessa vapaapalokunnan kalustoon kuuluvat käsipumppu ja sinkkiämpäri soveltuivat enintään kytevän nuotion sammuttamiseen.

Pelastuslaitoksen palokunta sai laitteistonsa toimintakuntoon, ja alkoi ruiskia vettä joka suuntaan, kuitenkin etupäässä palavaa taloa kohti, ja siinä sivussa myös naapuritalojen päätyihin estääkseen palon leviämisen, kun taas vapaapalokunta keskittyi pitämään uteliasta yleisöä aisoissa. Sekä tulipalon leviämisestä että palokunnan toiminnasta näki heti, että talon pelastamiseksi ei ollut paljoakaan tehtävissä. Tulipalo oli ilmeisesti alkanut äkillisesti ja levinnyt nopeasti ja liian syvälle talon rakenteisiin.

Pultti ja Pöltsi tiesivät, missä käytössä tämä liekkien vallassa talo oli ollut. Vaikka se sijaitsi ympäristössä, jossa useimmat talot olivat joko kipeästi täysremontin tarpeessa, tai jo pelastuksen rajan tuolla puolen odottamassa purkamistaan, oli tämä talo ollut ympäristöään paremmassa kunnossa. Talossa ei Pultin ja Pöltsin käsityksen mukaan asuttu, mutta siinä sijaitsi yksi tämän kaupunginosan harvoista liikehuoneistoista, eläintarvikeliike Vuhvu. Tai siis oli sijainnut tähän asti. Nyt talon toisessa päädyssä sijaitsi valtoimenaan mellastava, kuumuutta hohkaava, rätisevä ja kipinöitä ympärilleen sinkoileva tulimeri, ja hetken päästä siinä luultavasti tulisi sijaitsemaan pelkkä hiiltynyt raunio. Tulipalo näytti alkaneen juuri Vuhvun liikehuoneistosta.

Palomiehet huutelivat toisilleen tulikomentoja, joista liekkien räiskeen keskellä oli mahdotonta saada selvää. Nähtävästi syntyi suunnitelma lähteä sammuttamaan paloa sisältäpäin, mikä tuntuikin järkevältä, koska nimenomaan talon sisäpuoli oli tulessa. Kaksi palomiestä veti sammutusletkua kohti talon ulko-ovea. Toinen palomiehistä nykäisi ulko-oven kahvasta. Ovi oli lukossa eikä auennut. Seurasi jälleen viestintää huutaen, ja ovimiehelle tuotiin juoksujalkaa avuksi palokirves ja sorkkarauta. Palomies löi kirveellään lukon ympärille muutaman kerran, ja onnistui sen jälkeen vääntämään oven auki sorkkaraudalla. Oviaukosta tulvahti ulos sietämätön kuumuus ja taivaalle kohoava savupilvi. Liekit eivät olleet vielä yltäneet ovelle asti, mutta tulipalon saadessa oviaukosta uutta ilmaa, koko oviaukon takana häämöttävä eteistila hulmahti liekkeihin.

Pultti ja Pöltsi odottivat seuraavana vuorossa olevaa veden ruiskuttelua eteistilaan. Sen sijaan alkoikin hurja palomiesten viittilöinti, ja kaikki liikenevät palomiehet ryntäsivät ovelle. Oven takana lattialla oli jotakin, tumma möykky, johon palomiehet tarttuivat kiinni ja alkoivat kiivaasti raahata ulos. Kun kantamus oli saatu vedettyä ulkoilmaan riittävän etäälle palavasta rakennuksesta, oli nähtävissä, että kyseessä oli ihminen. Tämä henkilö oli maannut oven takana ja levittänyt päänsä suojaksi takkinsa. Pultti ja Pöltsi tunnistivat takin ja henkäisivät kauhistuksesta. Takki oli poliisin virkatakki. Palomiehet nostivat takin pois uhrin päältä, ja takin alta paljastui likainen ja nokinen mies. Miehen kasvot olivat nurmikkoa vasten, ja palomiehet käänsivät hänet selälleen. Etsiväkaverukset tunnistivat nokisen ja henkeä haukkovan naaman tutuksi konstaapeli Hannes Hydsoniksi.

Onneksi Hydson oli elossa ja tajuissaan. Hän yski savua keuhkoistaan, mutta haukkoi yskäisyjen välissä näissä oloissa suhteellisen savutonta ulkoilmaa omin avuin.

- Hei, kaveri on hengissä! huusi takin poistanut palomies. – Soittakaa ambulanssi, mies on hengittänyt savua ja saanut ehkä häkämyrkytyksen! Hän tarvitsee apua ja raitista ilmaa!
- Soitettu, kuittasi toinen palomies. – Tulee viidessä minuutissa.
- Pärjäätkö vähän aikaa? kysyi ensimmäinen palomies Hydsonilta. – Meillä olisi pieni sammutustyömaa tuossa vieressä.

Hydson nosti päätään ja yski tavalla, joka tulkittiin nyökkäykseksi.

- Tiedätkö, oliko siellä muita ihmisiä? kysyi palomies vielä.

Hydson pudisti päätään.

- En nähnyt muita.
- Hyvä sitten! Kaikki miehet letkuihin!

Palomiehen siirryttyä sammutustehtäviin Pultti ja Pöltsi hivuttautuivat Hydsonin vierelle. Hydson huomasi heidät, mutta ei sen kummemmin ihmetellyt heidän läsnäoloaan. Oli jotenkin asiaankuuluvaa, että etsiväkaverukset olivat aina siellä missä jotakin tapahtui. Hydson keskitti pääasiallisen tarmonsa hapen haukkomiseen, mutta pieni virnistys käväisi hänen huulillaan.

- Se oli pojat lähellä, hän kuiskasi ja yski päälle muutaman keuhkollisen savua. – Pari minuuttia vielä, niin Humpula olisi ollut yhtä Hydsonia vailla.
- No niin näköjään, sanoi Pöltsi. – Sinun ei kai pitäisi nyt yrittääkään puhua, mutta jos pystyt... Kiinnostaisi kuulla, mitä ihmettä sinä tuolla talossa teit? Paitsi että sytyttelit aikasi kuluksi pienen tulipalon, vai miten se syttyi?

Hydson nosti taas päätään ja katsoi etsiväkaveruksiin.

- Virkatehtävä. Poliisi hälytettiin paikalle. Liikkeen omistaja Topi Doberman on lomalla. Matkoilla jossakin.

Naapuri näki jonkun hämärältä tuntuneen tyypin liikkeessä ja soitti meille. Siksi tulin paikalle.

- Näkyikö ketään? kysyi Pultti.
- Miten jouduit tuonne sisälle? jatkoi Pöltsi.
- En huomannut ketään. Ei selkeitä murtojälkiä, mutta takaovi oli jäänyt vähän raolleen. Huomasin sen. Joku oli ehkä häipynyt kiireesti. Koputtelin ja huhuilin ovella, mutta kukaan ei vastannut. Menin sieltä sitten sisään. Tutkin paikkoja sisällä. Katselin näyttääkö mitään olevan varastettu, tai näkyykö muuta erikoista, kun kesken kaiken joku taisi heittää takaovesta sisään jotakin palavaa. Bensaan kastettu rätti tai jotakin. Luulen haistaneeni bensan hajun. En ole ihan varma. En ehtinyt nähdä sitäkään.
- Levisikö tuli niin nopeasti, ettet ehtinyt enää paeta ovesta pihalle? kysyi Pultti.
- Ovensuussa oli kasa kuivia heinäpaaleja. Hevosen ruokaa. Ne syttyivät heti ja parissa sekunnissa koko putiikin takaosa oli liekeissä. En päässyt enää takaisin takaovelle, joten pakenin talon etuosaan, tuulikaappiin ja pääovelle, mutta tuo pääovi oli takalukossa, enkä ilman avainta saanut sitä auki. Tuulikaappiinkin alkoi tulla savua oven raosta ja hengittäminen kävi tukalaksi. Tuulikaapista ei ollut ovea muualle. Riisuin takin suojakseni ja kävin lattialle pötköttelemään ja miettimään mitä seuraavaksi tekisin. Vai pystyisinkö enää tekemään mitään. Sitten kuulin paloauton sireenin ja jäin odottamaan.

Hillitön yskänpuuska valtasi jälleen Hydsonin fyysisen olemuksen. Myös ambulanssin sireeni alkoi kantautua kuuluville.

- Ehditkö ennen tulipaloa huomaamaan mitään poikkeuksellista? kysyi Pultti.

Hydson ei heti vastannut, yski vain ja pudisti päätään.

- Kaikki näytti tavalliselta.
- Otahan iisisti ja puhalluta itsesi taas hyvään happeen, sanoi Pöltsi. – Pääasia että selvisit.

Hydson nyökkäsi. Ambulanssi pysähtyi Hydsonin vierelle.

- Kyllä tämä...

Kahta sanaa seurasi heti puuska keuhkot pihalle raastavaa yskimistä.

Ambulanssihenkilöiden nostettua Hydsonin paareille ja paareilla ambulanssiin, laitettua happinaamarin hänen naamalleen, ja ambulanssin lähdettyä sireenit ulvoen kohti sairaalaa, jäivät Pultti ja Pöltsi katselemaan rytinällä palavaa rakennusta.

- Mitäs tuumit tästä nuotiosta? kysyi Pultti pienen katselutuokion jälkeen. – Liittyyköhän tämä jotenkin meidän tutkimuksiimme?

- En tiedä mihin tämä liittyy, mutta papereista nähdään, liittyykö tämä Nokosen ja Tirsan sopimuksiin, vastasi Pöltsi.

Pöltsi kaivoi Nokoselta saamaansa paperit taskustaan ja levitti ne molempien nähtäville. Menetettyjen tapausten listalla tätä liikettä ei ollut. Sen sijaan sillä listalla, jossa olivat voimassa olevat vartiointisopimukset, oli viimeisenä sana "Vuhvu". Kolmas lista oli Nokosen ja Tirsan aikataulu. Etsiväkaverukset katsoivat sitäkin listaa ja sen jälkeen toisiaan. Aikataulun mukaan Nokonen ja Tirsa olivat käyneet paikalla tämän saman päivän aamuna.

5. Alfons Nöftä

- Sen minä vain sanon, että jos tämä on jonkun mielestä pientä kiusantekoa, niin aika pitkälle sitä käsitettä on nyt venytetty, totesi Pultti.
- Vähän liian pitkälle, myönsi Pöltsikin.
- Ei ole mitään järkeä siinä, että pelkän vartiointisopimuksen takia tuikataan koko talo tuleen.
- Ei niin. Paitsi että se on kohtuuttoman kovaa kiusantekoa, ei tässä enää jää jäljelle mitään vartioitavaa.
- Toivottavasti Dobermanilla on palovakuutus.
- Ja sellainen, joka kattaa myös heinäpaalien palokuorman.

Etsiväkaverukset ottivat pari askelta taaksepäin siinä vaiheessa, kun talon katto notkahti ja sinkosi ilmoille uuden kipinöiden ilotulituksen.

- Näytäpä vielä sitä aikataulua, pyysi Pultti.

Pöltsi avasi uudelleen paperin, jonka oli juuri ehtinyt taitella takaisin taskuunsa. Pultti katsoi sitä kiinnostuneena.

- Tänään Nokosella ja Tirsalla näyttää olevan iltakuudelta vartiointivuorossa herrainvaatehtimoliike Alfons Nöftä.
- Joten meille ei liene epäselvää, missä vietämme aikaamme tänään siitä eteenpäin.
- Tai jo ennen sitä. Olisiko hyvä tutustua paikkaan etukäteen?

- Se on hyvä ajatus. Katsotaan valmiiksi hyvät vakoiluasemat.

Alfons Nöftän herrainvaatehtimo sijaitsi keskustan tuntumassa. Liike oli perustettu jo niin kauan sitten, että kaupunkilaisten mielestä se oli ollut siinä aina. Rakennus oli paikallinen harvinaisuus, kaksikerroksinen vanha kivitalo. Se oli kuulemma pitkään ollut paikkakunnan ainoa kivitalo, alun perin paikallisen kärrynpyöriä valmistaneen tehdaspatruunan rakennuttama asuintalo sekä kärryjen ja kiesien merkkikorjaamo. Myöhemmin, patruunan siirryttyä tuonpuoleiseen, talosta kehkeytyi tavallisten asukkaiden ja liikkeenharjoittajien omistukseen ajautunut arvokiinteistö.

Alfons Nöftän vaatehtimo sijaitsi rakennuksen kulmassa. Sillä oli näyteikkuna ja käyntiovi kadun puolella. Näyteikkunalle ei räätälillä ollut suoranaista tarvetta, mutta kun sellainen tarjolla oli, Alfons Nöftä oli liikkeen nimikyltin seuraksi asettanut näyteikkunan koristeeksi vanhan poljettavan P.Sidorow-merkkisen ompelukoneensa. Sillä oli hänelle tunnearvoa, koska se oli palvellut hänen työkumppaninaan monen vuosikymmenen ajan. Nyttemmin se oli päässyt arvoiselleen eläkkeelle, ja sen paikan Nöftän pääasiallisena työkaluna oli ottanut modernimpi sähkökäyttöinen ompelukone. P.Sidorowin rinnalla näyteikkunan kulmaan oli ripustettu isokokoinen miesten puku, jonka tiettävästi joku asiakas oli aikoinaan tilannut, mutta jättänyt lunastamatta. Kaupugilla arvuuteltiin, kuka tuo tilaaja olisi voinut olla, mutta kukaan ei tuntenut ketään noin suurikokoista miestä. Itse asiassa sitä epävirallista titteliä piti hallussaan Alfons Nöftä itse. Jotta puku oli saatu näyttävästi esille, se oli täytetty ilmapalloilla, ja ripustettu hirttonarua muistuttavalla tukinyörillä näyteikkunan kattoon.

Parkkitilaakin oli sekä kadun varrella, että talon päädyssä. Päätyparkki oli sekä talon omistajien, että asiakkaiden käytettävissä. Siellä oli myös ovi käytävään, josta pääsi takakautta liikehuoneistoihin.

- Poiketaanko juttusille? kysyi Pöltsi etsiväkaverusten seisoessa kadulla näyteikkunan edessä.
- Mikä ettei, vastasi Pultti.

Etsiväkaverukset astuivat sisään liikkeen pääovesta. Oven päälle ripustettu kilikello kilahti ja ilmoitti liikkeenharjoittajalle mahdollisen asiakkaan saapumisesta. Liiketila oli siisti, yhtä lattiassa havaittavaa sinnikästä tummaa tahraa lukuun ottamatta. Oleellisin kaluste oli palvelutiski, jonka takana ei ollut ketään. Vieressä oli sovitushuone, jonka ovi oli raollaan, eikä sielläkään ollut ketään. Tiskin takaa johti kulkutie varsinaiseen vaatturin työhuoneeseen, josta kuului ompelukoneen surinaa. Ompelukonehuoneessa ei näyttänyt olevan ikkunaa. Kelmeää yleisvalaistusta sinne antoi katossa roikkuva yksittäinen hehkulamppu, jota Alfons Nöftä ei ollut katsonut tarpeelliseksi peitellä varjostimella, ja kylmän valkoisen valon tarjoama ompelukoneen kohdevalaisin. Ompelukone, ja sitä käyttävä heiluva käsipari näkyivät kulkuaukosta. Tarkempia havaintoja etsiväkaverusten oli mahdotonta liiketilan puolelta tehdä. Etsiväkaverukset kuvittelivat, että jossakin perukoilla täytyi olla varastoituna myös valikoima erilaisia kankaita, ja työtilan kalustukseen oli varmasti kuuluttava myös iso pöytä kankaiden leikkausta varten, ja terävät sakset.

Työtehtävän parissa heiluva käsipari sai seurakseen myös Alfons Nöftälle kuuluvat kasvot, ja kasvojen kokoon nähden suhteettoman vaatimaton pari siristeleviä silmiä yritti saada selvyyttä, kuka oli saapunut liiketilaan. Ompelukoneen surina taukosi, kuului tuolin helpotuksesta päästämä natina, kun se sai lepotauon taakkansa alta, ja samassa Alfons Nöftä ilmaantui kulkuaukkoon koko komeudessaan.

Alfons Nöftä oli kaskelotin muotoinen ja kokoinen, kunnioitettavassa myöhäiskeski-iässä oleva, moitteettoman itse valmistamaansa – tarpeetonta epäilläkään muuta - mittatilauspukunsa sisällä asustava tyylikkäästi harmaantuva herrasmies. Hahmo, joka oli kaupungin asukkaiden syvästi arvostama ja kunnioittama räätälimestari. Hahmo, jonka ani harvoin nähtiin kaupungilla antautuneen keskustelutuokioon kenenkään tavallisen kaduntallaajan kanssa. Hahmo, jota kaikki katsoivat ylöspäin, paitsi kunnioituksesta, myös kokonsa puolesta. Mutta asiakkailleen, tai sellaisiksi otaksumilleen ihmisille, Alfons Nöftä jaksoi aina olla ystävällinen.

- Kas, hän aloitti. – Teitä minä en olekaan aikaisemmin liikkeessäni tavannut. Mikä saa etsiväkaverukset poikkeamaan vaatimattomaan liikkeeseeni? Miten voin teitä palvella? Tarvitsetteko kenties Sherlock Holmes – tyyppiset päähineet? Sellaiset sopisivat toimenkuvaanne

täydellisesti. Tai haluaisitteko sormenjälkiä jattämättömät sormikkaat?
- Kiitos emme, vastasi Pöltsi imarreltuna siitä, että heidät tunnistettiin jopa heidän epävirallista virkanimikettään myöten. – Yritämme tulla toimeen omin näpein, ja olla päähineidenkin puolesta erottumatta katukuvassa.
- Voi sentään. No mutta tuskinpa te tyhjän takia tänne tupsahditte. Kertokaa toki asianne, ettei minun tarvitse loputtomiin arvuutella.

Pultti ja Pöltsi katsoivat toisiaan. Molemmille tuli mieleen, ettei kummallekaan tullut mieleen miettiä etukäteen, miten ja kuinka paljon Alfons Nöftän kanssa tulisi keskustella. Hehän olivat ensisijaisesti tulleet katsomaan kiinteistöä. Mutta tässä puodissa tuntui virheeltä vetää esiin klassinen "me vain katselemme"-vastaus. Niinpä Pöltsi päätti aloittaa:

- Teillähän on vartiointisopimus Nokonen & Tirsan kanssa.
- Niin on. Kelpo kavereita. Hoitavat hommansa.
- Varmasti ovat. Olemme täällä siksi, että Nokonen ja Tirsa kävivät meidän juttusillamme. He ovat huolissaan, että heidän vartiointitoimeaan jotenkin häiritään. Onko teillä täällä sattunut mitään poikkeavaa?

Alfons Nöftä näytti hämmästyneeltä ja kohotti kaislantähkän kokoisia kulmakarvojaan, ensin toista ja sitten toista. Kulmakarvat olivat niin isot ja tuuheat, että Pultti arveli olevan ylivoimainen ponnistus kohottaa molempia samanaikaisesti.

45

- Ei mitään, vastasi Nöftä hetken mietittyään. – Jos ei poikkeavaksi katsota sitä, että toissapäivänä täällä kävi minulle tuntematon asiakas, joka halusi tilata kaksi kappaletta viisikulmaisia valkoisia nenäliinoja.
- Viisikulmaisia? Mihin hän sellaisia tarvitsi? ihmetteli Pultti.
- Hän perusteli, että sellainen sopii taittelematta puvun takin rintataskuun, selitti Alfons Nöftä. – Ja totta se onkin. Eikö olekin hämmästyttävää, että niin yksinkertainen toimenpide kuin nenäliinan oikeaoppinen taittelu, ei onnistu kaikilta. Hänen käyntinsä jälkeen en ymmärrä, miksi viisikulmaisia nenäliinoja ei myydä kaupoissa.
- Onko kukaan tilannut teiltä sellaisia aikaisemmin? kysyi Pöltsi.
- Ei. En ollut itsekään miettinyt tuollaista markkinarakoa aikaisemmin. Mutta liian kapea markkinarako se olisi, noin elantoa ajatellen. Paremmin lyö leiville se, että teen kaupunginjohtajalle uuden puvun joka vuosi. Kaupunginjohtaja on vielä kasvuiässä, tarkoitan leveyssuuntaan. Teen puvuista tarkoituksella joka vuosi niin viimeisen päälle mittatilauspukuja, että hän ei enää vuoden kuluttua mahdu saman puvun sisään. Joka vuosi lisään vyötärölle kaksi senttiä lisää, ja hän on taas tyytyväinen.

Kaislantähkiään heilutellen Alfons Nöftä syventyi hetkeksi tutkimaan Pultin olemusta.

- Tiedätkös poika, hän lausahti innoissaan Pultille. – Sinussa olisi mukavasti fyysisiä aineksia seuraavaksi kaupunginjohtajaksi.
- Ammatin valinta onkin ollut suuri huolenaiheeni, vastasi Pultti diplomaattisesti.
- Aivan, ymmärretään, sanoi Pöltsi. – Mutta siitä nenäliinan tilaajasta, millainen tyyppi se oli? Oliko hänen käytöksensä jotenkin erikoista? Katseliko hän erityisen tarkasti ympärilleen tai jotakin sellaista?
- Ihan tyylikäs mies hän oli. Puheesta kuuli, että suomen kieli ei ole hänen äidinkielensä, mutta en osannut tarkemmin päätellä hänen syntyperäänsä. Eikä se kiinnosta minua. Ulkoisesti hän oli kyllä ihan suomalaisen näköinen. Ja onhan tämä vähän sellainen paikka, että kaikki ensi kertaa täällä käyvät katselevat ympärilleen. Erityisesti hän ihasteli ikkunassa olevaa Sidorowia. Kuten monet muutkin. Onhan se jo melkoinen harvinaisuus.
- Se on hieno, ja jos se on harvinainen, se on varmasti arvokaskin, arveli Pultti. – Kai olette vakuuttaneet sen?
- Se kuuluu firman vakuutuksen piiriin, ei sille erikseen mitään vakuutusta ole. Ja onhan minulla täällä tuo kamerakin, jos joku intoutuisi osoittamaan liiallista mielenkiintoa Sidorowia kohtaan.
- Kamera?

Alfons Nöftä osoitti näyteikkunasyvennyksen yläkulmaan, jossa oli laite, joka muistutti erehdyttävästi valaisinta, mutta ei kuitenkaan valaissut. Se oli siis aarretta vartioiva kamera.

- Mutta Nokonen ja Tirsa kertoivat, ettei heidän asiakkaillaan ole valvontakameroita, kummasteli Pultti.
- Ei minulla näissä huonetiloissa olekaan. Vain näyteikkunassa. He eivät varmaankaan pitäneet tuota riittävänä valvontaan, enkä minäkään, siksihän olen heidät palkannut. Kelpo kavereita.
- Aivan, juu, sanoi Pöltsi. – Tätä lienee turha kysyä, mutta kysyn kuitenkin, onko mikään muu vartiointiliike ollut teihin yhteydessä?

Alfons Nöftä huiskutteli taas kulmakarvojaan ylös alas.

- Ei todellakaan ole. En edes tiedä, että täällä olisi muita vartiointiliikkeitä. Ja miksi vaihtaisin toiseen? Nokonen ja Tirsa ovat kelpo kavereita. Vaihtaisin mieluummin kirjanpitäjäni toiseen kuin Nokosen ja Tirsan.
- No niin niin, myötäili Pultti kyllästyen jo pikkuhiljaa vartiointiliikkeen loppumattomaan ylistykseen. – Tiedättekö muuten, milloin he täällä käyvät?
- En, eikä se kuulu minulle. Käyvät tarpeeksi usein, ja todisteeksi siitä riittää minulle se, ettei mitään ole sattunut. Kelpo…
- Mutta neuvoisimme teitä kuitenkin olemaan varuillanne, keskeytti Pöltsi. – On syytä epäillä, että jotakin kummallista on tekeillä.
- No minä pidän molemmat silmäni auki, lupasi Alfons Nöftä, ja sanojensa vakuudeksi heilautti kaislantähkiään ylös alas. – Mutta nyt minun pitää palata työni pariin, jos teillä ei ole muuta asiaa.

- Vain yksi juttu, sanoi Pöltsi. – Jos teille tarjotaan kilpailevaa vartiointisopimusta, ottakaa tarjoajan tiedot muistiin.
- Kuulustelen heidät perinpohjaisesti ja kirjaan tiedot muistivihkooni.

Työtuoli valitti taas narahtaen ja ompelukone käynnistyi. Pultti ja Pöltsi valuivat ovesta takaisin kadulle. Etsiväkaverukset loivat vielä silmäyksen näyteikkunaan. Ompelukone todellakin näytti hienolta. Valurautaisessa jalustassa oli valetuilla kirjaimilla valmistajan nimi P.Sidorow, samoin kultakirjaimin kirjoitettuna itse ompelukoneeseen. Kone näytti olevan tahraton, mutta sen vieressä huojuva ilmapallopuku näytti jo hieman nukkavierulta. Etsiväkaverukset jättivät näyteikkunan oman onnensa nojaan ja katsoivat toisiinsa.

- Mitäpä tuumaat? kysyi Pultti.
- Tuumaan, että juuri tältä kuulostaa ihminen vähän ennen kuin jotakin sattuu, totesi Pöltsi.
- Juuri niin, nyökkäsi Pultti. – Mutta me otamme parin tunnin päästä vahtipaikan tuolta parkkipaikan kulmilta ja olemme valppaina kuin vahtikoirat. Mutta sitä ennen ehdimme käydä syömässä. Makkaraperunathan jäivät tänään väliin.

49

6. Kyttäys ei aina mene ihan putkeen

Muutamaa rauhallisesti kulunutta tuntia myöhemmin etsiväkaverukset saapuivat jälleen Alfons Nöftän herrainvaatehtimon pihaan. Kuten odotettavissa olikin, näytti kaikki rauhalliselta. Minkäänlaista murtautumis- tai tuhopoltto-operaatiota ei näyttänyt olevan meneillään. Ylimääräisiä autoja ei ollut pihassa eikä kadun varrella. Etsiväkaverukset silmäilivät pihapiiriä. Sielläkään ei kukaan näyttänyt liikkuvan. Ensimmäistä kertaa kummallekin juolahti mieleen, että he itse olivat tunkeilijoita, ja joku talon asukas saattaisi ihmetellä kahta pihassa piileskelevää poikaa.

- Jos joku tulee kyselemään, sanotaan vaikka, että hukattiin avaimet tänne ja ollaan niitä etsimässä, päätti Pöltsi ja johdatti Pultin pihan poikki.
- No ihan mitä vaan.

Toisin kuin aikaisemmin päivällä oli tuntunut, ei ollutkaan ihan helppoa löytää sellaista piilopaikkaa, jossa olisi itse piilossa, mutta josta samanaikaisesti näkisi hyvin koko pihan. Pienen etsiskelyn ja pohdinnan tuloksena etsiväkaverukset päätyivät kahden pensaan taakse, kuvitellen olevansa itse näkymättömissä, mutta näkevänsä silti pensaan läpi, jos pihapiirissä tapahtuisi jotakin kiinnostavaa.

Kello oli 15 minuuttia yli kuuden, kun tunnistettavissa oleva auton melu kantautui matkan päästä. Meteli lähestyi, ja Nokosen ja Tirsan virka-auton jarrut vinkaisivat talon

50

kohdalla. Pihalle he eivät ajaneet. Auton moottoria ei sammutettu. Näytti siltä, että Tirsa jäi autoon taistelemaan sen käynnissä pitämiseksi, ja Nokonen yksin nousi autosta. Hän asteli pihalle, pysähtyi, katseli ympärilleen, avasi talon päätyoven ja katosi sisään. Kului viitisen minuuttia, kunnes hän ilmaantui jälleen ovesta pihalle, heilautti kättään etsiväkaverusten suuntaan, ja laukkasi määrätietoisesti autolleen, jonka moottori päästi ryminän, jonka yksistään luulisi pelottavan kaikki varkaiden ja hämäräveikkojen esiintymismuodot tiehensä kymmenen kilometrin säteellä, minkä jälkeen vartiointitoimiston voitiin todeta poistuneeksi paikalta.

- Minä, sanoi Pöltsi vakaalla äänensävyllä, - en enää ollenkaan ihmettele, etteivät nuo heput ikinä löydä ketään murtomiehiä paikan päältä. Typerinkin rikollinen ehtii kilometrin päähän kuullessaan heidän tulevan.
- Minä taas, mietti Pultti epävakaalla äänensävyllä, - mietin, onko tämä meidän kyttäyspaikkamme kovinkaan hyvä. Hänhän selvästi näki meidät.
- Ei kun mut se vartija näki.

Vieras ääni liittyi keskusteluun Pultin ja Pöltsin takana. Etsiväkaverukset vilkaisivat olkapäidensä yli. Heidän taakseen oli ilmestynyt henkilö, äänen perusteella mieshenkilö, joskin ulkoisesta olemuksesta sukupuolta oli vaikeahko päätellä.

- Tää on nääs mun mesta, jatkoi äänen omistaja. – Ja mä tunnen noi vartioheput.
- Ai, änkytti Pöltsi. – Ai anteeksi, ei me tiedetty.

51

- Juu ei, jatkoi Pultti. – Me vaan etsitään avainta...

Pöltti mulkaisi Pulttia tavalla, joka kertoi selkeästi "eipä tuhlata tuota selitystä tähän heppuun".

- Tässä mä aina kesäaikaan vedän puoli seitsemän kessut, selitti ääni edelleen. – Toi vartija näkee mut täällä aika usein tähän aikaan ehtoosta. Mut voitte te hyvin pitää mulle seuraa.

Tämä yllätyksellisen näyttämölle saapunut henkilö mätkähti istumaan Pultin ja Pöltsin väliin, ja ryhtyi kaivelemaan sen repaleisen vaatekappaleen sopukoita, joka normien mukaan oli joskus noteerattu takiksi. Pultti yritti ajatella tätä vaatekappaletta ja Alfons Nöftän tuotteita samaan aikaan, mutta niitä oli mahdotonta sijoittaa yhteen aivolohkoon samanaikaisesti. Esille paljastui ryppyinen käärö, jonka ilmaantuminen päivänvaloon sai henkilön silmät loistamaan.

- Palaako? hän kysyi työntäen kääröään vuoron perään kummankin etsiväkaveruksen suuntaan.
- Ei kiitos, vastasi Pultti nopeasti. – Tänään on palanut jo tarpeeksi.
- On palanut jo kaikenlaista, säesti Pöltsikin.

Vieras murahti.

- Arvasinhan mä sen. Samanlaisia nirsoilijoita ootte kuin muukin nuoriso nykyisin.

Hän keskittyi hetkeksi käärimään paperiin jotakin massaa, jonka koostumuksesta ei Humpulan paraskaan kemisti ottaisi selkoa. Sen jälkeen alkoi uusi vaateparren sisäosien kaivelu. Kaivelua seurasi masentunut ja pahaenteisempi murahdus.

- Hiiskatti. Tikut on loppu, ei teillä sattuisi...
- Ei satu olemaan, vastasi Pultti ennen kuin kysymys oli esitetty loppuun.
- Eipä tietenkään. Nykynuoriso...
- Me ehkä siirrymme... aloitti Pöltsi.
- Älkää nyt tyhjästä suuttuko, tyynnytteli vieras. – Ne tikut voi olla mun edellisessä mestassa. Tai sitten mä oon hukannu ne. Ai niin, pitäiskös oikein esittäytyä. Mä oon Unski. Ketäs te ootte? Jos nimittäin saan kysyä.
- Saat. Pultti.
- Pöltsi.
- No mutta Unskikos se täällä taas on, eipä olekaan nähty vähään aikaan, aamulla viimeksi.
- Hauhauhau. Vuff. Murrrrr!

Keskusteluun pölähti mukaan sirpakka naisääni ja hänen seurassaan juoksenteleva ärhäkkä pikkukoira. Koira liittyi muitta mutkitta seurueeseen ja päätti pissata juuri sen pensaan juurelle, johon seurue oli kerääntynyt. Nainen jäi seisomaan askeleen päähän. Hänellä oli yllään kirkuvan punainen kesämekko, joka herätti yhtä vähän huomiota kuin punainen liikennevalo öisellä autiolla kadulla.

- Terve sullekin Nella-neiti! huudahti Unskiksi ristitty henkilö. – Juu, aamukahveella mä tässä kävin ja silloin treffattiin.

Pultti sai mittansa täyteen ja ponkaisi pystyyn.

- Tässähän tämä avain onkin! hän hihkaisi. – Tule, se löytyi. Voidaan mennä.

Pultti tarttui Pöltsiä kädestä ja yritti tempaista hänet pystyyn. Mutta Pöltsi ei ollut vielä valmis luovuttamaan.

- Älkää nyt vielä menkö minnekään kun justiin vasta nähtiin, huolestui Unskikin. – Mukavaa saada tänne uutta väkeä.
- Emme ajatelleet pysyvästi tänne… selitti Pöltsi.
- Eikö vanha väki sulle kelpaa?

Taas uusi ääni. Roskalaatikoiden takaa kömpi esiin uusi elämänmuoto, joka oli selvästi tunnistettavissa Unskin lajitoveriksi.

- Terve Kartsa! huudahti Unski. – Mä jo aattelin että mihin sä oot joutunu ku ei näkyny.
- Aattelit ja aattelit. Täällä mä aina oon, kyl sää sen tiedät.
- No juu tiedän mä. Mut ei sul sattuis tikkuja olemaan?

Tässä kohtaa katsoi Pöltsikin viisaimmaksi luovuttaa ja nousta ylös. Uusien tuttavuuksien valikoima oli kasvanut liian nopeasti, liian suureksi, väärässä paikassa ja väärään aikaan. Väkijoukkoa hyvästelemättä etsiväkaverukset siirtyivät pois pensaan suojista ja alkoivat lipua keskemmälle pihaa kadun suuntaan. Talon päätyovi rämähti auki ja ulos purjehti uusi rouvahenkilö kahden koiran ja roskapussien kanssa.

- Terve pojat! hän mylvi. – Ootteko muuttaneet tänne? Kävitte päivälläkin.
- Ei kun me vaan katsellaan, vastasi Pöltsi vältellen. Askeleet kohti katua muuttuivat rivakammiksi.
- Tämä on kuin markkinapaikka, tuhahti Pultti. – Mennään jonnekin muualle.
- Eikä mennä, vastusteli Pöltsi. – Meidän pitää vahtia Nöftän putiikia.
- Okei, mutta kävellään pois noiden tyyppien näkyvissä, mutta vain sen verran, että nähdään silti talo.
- Ehkä nekin häipyvät tuolta pihalta pian, myöntyi Pöltsi. – Ehkä Nella-neiti vie Unskin ja Kartsan kotiinsa ja tarjoaa heille tulitikun.

Etsiväkaverukset maleksivat kappaleen matkaa ja jäivät seisomaan. He pitivät huolen siitä, etteivät loitonneet niin kauas, etteivät olisi nähneet taloa. Päädyttyään kohtaan, josta ei enää kannattanut kävellä kauemmas, he kääntyivät katsomaan taloa. Mitään liikehdintää ei täältä asti ollut havaittavissa. Ilmeisesti talon koirillakin oli tapana käydä tarpeillaan vain talon pihapiirissä.

- Odotetaan vähän aikaa tässä ja mennään sitten takaisin päin, ehdotti Pöltsi.
- Tehdään niin. Mutta ei enää mennä pihalle.

Hetken etsiväkaverukset seisoivat keskellä jalkakäytävää, kunnes heistä alkoi tuntua siltä, ettei moinen patsastelu oikein täyttänyt kyttäämiselle ja vakoilulle ominaisia tunnuspiirteitä.

- Pitäisiköhän piiloutua jonnekin, tuumi Pöltsi.
- Minne? Ei tässä oikein ole mitään sopivaa piilopaikkaa. Tässä on vain taloja. Niiden takaa emme näkisi tuonne.

Kadulla etsiväkaverusten ohitse mateli rauhalliseen tahtiin muutama auto silloin tällöin. Kumpikaan ei jaksanut kiinnittää niihin enempää huomiota, kunnes odottamatta yksi autoista pysähtyi Alfons Nöftän liikehuoneiston kohdalle. Auton merkki oli tunnistettavissa, se oli punainen Saab. Rekisteritunnuksesta oli mahdotonta saada selvää näin kaukaa. Auto peruutti talon pihaliittymään, ja jäi siihen siten, että vain sen etuosa oli nähtävissä etsiväkaverusten suunnasta.

- Nyt täytyy päästä lähemmäs, tuhahti Pöltsi, ja etsiväkaverukset lähtivät määrätietoisin askelein kävelemään takaisin päin.

Pöltsin teki mieli pinkaista juoksuun päästäkseen nopeasti lähemmäs, mutta hän ymmärsi, että se näyttäisi liian epäilyttävältä, joten hän malttoi mielensä, ja etsiväkaverukset tyytyivät reippaaseen kävelyyn. Autosta astui ulos tummiin vaatteisiin pukeutunut henkilö, joka vilkaisi nopeasti ympärilleen, kunnes katosi talon taakse. Ei kulunut kuin hetki, kunnes hän palasi. Auto lähti jälleen liikkeelle, kääntyi takaisin tulosuuntaansa, ja katosi näkyvistä.

Pultti ja Pöltsi olivat pettyneitä ja hämmentyneitä. He eivät olleet ehtineet havaita juuri mitään. Pultti avasi ensimmäisenä suunsa:

- Mitä luulet, tapahtuikohan tässä juuri äsken jotakin vai ei?

7. Tapahtuiko tässä jotakin?

Kello oli puoli kymmenen seuraavana aamuna. Etsiväkaverukset seisoivat jälleen kadulla Alfons Nöftän liikehuoneiston edessä. Näyteikkuna avautui heidän edessään täsmälleen samanlaisena kuin eilenkin.

- Muistatko, arvuutteli Pöltsi. – miltä tämä asetelma näytti eilen? Noin niin kuin ihan tarkalleen.
- Muistan sen kuin eilispäivän, vastasi Pultti. – Eli en juurikaan. Siinä on ompelukone ja ilmapallopuku. Ne olivat siinä eilenkin.
- Joten joudumme käymään sisällä, huokaisi Pöltsi.
- Ostetaan Nöftältä vaikka kolmikulmainen nenäliina, jos muu ei auta.

Etsiväkaverusten tuoreessa muistissa oli Alfons Nöftän maine ja suhtautuminen edellispäivänä. Niinpä etsiväkaverukset tarttuivat ovenripaan hieman vastahakoisesti ja astuivat sisään jo tutulta tuntuvaan liikehuoneistoon. Alfons Nöftä tutki tällä kertaa papereitaan palvelutiskin takana. Hän nosti katseensa papereistaan sekunniksi.

- Huomenta pojat, hän mumisi poissaolevasti.
- Hyvää huomenta, herra vaatturimestari, tervehti Pultti toivoen saavansa osakseen edes pienen osan herra Nöftän huomiosta.
- Mitäpä tänään? kysyi Alfons Nöftä. Ääni ei vieläkään osoittanut kiinnostusta tähän vierailuun.

- Pahoittelemme jos olemme häiriöksi, sanoi Pöltsi. – Tarkkailimme eilen illalla tilannetta tässä ulkopuolella. Huomasimme, että täällä käytiin. Oletteko huomanneet mitään merkkejä siitä?

Alfons Nöftä nosti pienet silmästä pois papereistaan.

- Tulin juuri. En ole ehtinyt tutkimaan paikkoja. Mutta en ole huomannut mitään.
- Takaovea ei ollut murrettu tai muuta sellaista? varmisteli Pultti.
- Ei ollut. Kuten sanoin, en havainnut mitään. Oletteko varmoja, että joku kävi juuri täällä?
- Emme ihan varmoja, mutta meillä on perusteet epäillä niin tapahtuneen. Olimme tuossa ulkopuolella. Kyseessä oli punainen Saab-merkkinen auto. Tunnetteko sellaista? kyseli Pöltsi vielä.
- En usko. Ainakaan kenelläkään läheisellä ei ole sellaista.
- Saanko vielä kysyä, onko tänne avaimia kenelläkään muulla kuin teillä? uteli Pultti vielä.
- En ole antanut avainta muille kuin Nokoselle ja Tirsalle. Talonmiehellä on yleisavain. Mutta lukot ovat vanhoja. Avaimia on saattanut jäädä paikan edellisille omistajille, mutta tämä paikka on ollut minulla jo 30 vuotta eikä täällä kaikkina näinä vuosina ole kukaan luvattomasti käynyt. Edelliset omistajat ovat varmaan jo kuolleet.
- Aivan, nyökkäsi Pöltsi. – Voimmeko pikkuisen vilkaista ympärillemme tässä asiakastilassa?

Alfons Nöftä teki kädellään laajakaartoisen eleen, josta saattoi ymmärtää, ettei hänellä ollut mitään pyyntöä vastaan. Etsiväkaverukset katsoivat ensin, näkyisikö lattialla jälkiä. Jos Alfons Nöftä oli juuri saapunut, hän ei ollut vielä aamulla siivonnut. Lattialla kuitenkin näkyi korkeintaan hieman hiekkapölyä, josta ei ollut mahdollista päätellä mitään. Eilinen tumma jälki oli yhä jäljellä. Pöltsi sipaisi sitä sormellaan. Sormeen tarttui hiukan mustaa väriä.

Pultti ja Pöltsi siirtyivät näyteikkunan äärelle. Ensi silmäyksellä sielläkin kaikki näytti olevan entisellään. Ompelukone kiilsi pölyttömänä kuten eilenkin. Pöltsi yritti katsella ompelukonetta erityisen tarkasti joka kantilta. Kullatun maalauksen koukerot ja valurautaisen jalustan koristeellinen lopputulos olivat todella hienoja. Oli ihmeellistä, että sellainen vaiva oli kauan sitten nähty tarpeelliseksi vain ompelemisen takia.

Sitten Pöltsi huomasi jotakin. Työtason kulmassa oli havaittavissa pieni musta tahra. Oliko se ollut siinä eilenkin, mutta jäänyt huomaamatta, vai oliko se ilmestynyt yön aikana? Kumpikaan etsiväkaveruksista ei ollut varma. Pöltsi hipaisi tahraa toisella sormellaan. Sen jälkeen hän katsoi kahta sormeaan rinnakkain. Tahrasta tarttui sormeen samanlaista mustaa väriä kuin lattiastakin.

Pultti keskittyi puolestaan tutkimaan ikkunasyvennyksen tasoa. Se oli muilta osin siisti ja tahraton, mutta syvennyksen toisessa reunassa oli muutama pieni hiekanjyvä. Pultti oli jokseenkin varma, ettei niitä ollut siinä aikaisemmin. Ne olisivat olleet havaittavissa myös ulkoapäin. Ne saattoivat olla peräisin pihalta, ja tulleet sisään kengän pohjassa. Oliko joku astunut ikkunasyvennykseen? Pultti antoi katseensa siirtyä hiekanjyvistä ylöspäin näyteikkunan yläkulmaan. Tämä oli juuri se kulma, johon oli asennettu valvontakamera.

Valvontakameran sähköjohto oli katkaistu.

8. Päätelmiä

Hetken ajan etsiväkaverukset kävivät keskenään sanatonta viestintää. Kertoisivatko he löydöistään Alfons Nöftälle? Tai kysyisivätkö, tiesikö tämä asiasta mitään? Vai pitäisivätkö he havainnot omana tietonaan? Alfons Nöftä näytti olevan edelleen täysin keskittynyt papereidensa nuuskimiseen. Lopulta Pöltsi päätyi kompromissiin ja kysyi ainoastaan:

- Miten tuo valvontakamera toimii?

Alfons Nöftä huokaisi, nosti jättimäisiä kulmakarvojaan ja sanoi:

- Ei se toimi mitenkään. Siinä pitäisi olla filmi sisällä. Mutta kyllästyin siihen jossain vaiheessa, kun se otti pelkästään suttuisia kuvia kärpäsistä.
- Seeeelvä, vastasi Pöltsi verkalleen. – Jospa me lähdemme tästä. Anteeksi että vaivasimme.
- Näkemiin sitten, murahti Alfons Nöftä.

Pultti ja Pöltsi jäivät vielä hetkeksi näyteikkunan eteen kadulle.

- Ilmeisin johtopäätös tästä olisi, aloitti Pöltsi, - että mustiin pukeutunut Saab-henkilö tuli eilen aikomuksenaan tehdä jotakin enemmän, mutta huomasi valvontakameran, ja luullessaan sen olevan toiminnassa katkaisi sen sähköjohdon ja livahti äkkiä pakoon.

62

- Ja jos hän huomasi kameran vasta eilen, hänen mielenkiintonsa kohdistui juuri näyteikkunaan. Pukuun tai ompelukoneeseen.
- Vaikea keksiä, mikä ilmapallopuvussa kiinnostaisi ketään.
- No mikä sitten ompelukoneessa kiinnostaa?
- Sitä emme vielä tiedä. Mutta kiinnostava kysymys on myös, miten Saab-mies suoriutui toimenpiteestä niin nopeasti? kysyi Pöltsi edelleen.
- Vastaus on ilmeinen, päätteli Pultti. – Hänellä oli avain. Murtojälkiä ei syntynyt.
- No hyvä, jatkoi Pöltsi. – Se ei ollut Nöftä itse, eikä Nokonen eikä Tirsa. Ja talonmies ei tule paikalle autolla, koska luultavasti asuu täällä.
- Joku on voinut varastaa avaimen etukäteen, tarjosi Pultti ratkaisua.
- Silloin se on voinut olla kuka vain. Tästä tulee mieleen, missähän se talonmies asuu?
- Käydään katsomassa, tuolla ovella näytti olevan nimitaulu.

Talon päätyovella oli todellakin nimitaulu. Siinä ei ollut monta nimeä, mutta harvojen nimien joukosta löytyi nimi "Vartiainen Talonmies". Pultti katsoi Pöltsiin. Pöltsi nyökkäsi ja tempaisi oven auki. Talonmies Vartiaisen huoneisto oli heti ensimmäinen ovi talon takapuolella, käytävässä Alfons Nöftän liikehuoneiston takaovea vastapäätä. Pultti soitti ovikelloa. Kului muutama sekunti, kunnes sisältä alkoi kuulua kolinaa. Pultti painoi varmuuden vuoksi ovikelloa uudestaan, mutta oven toisella puolella kolina ennätti ovelle asti, joka avautuikin siinä samassa. Ovenraossa seisoi etsiväkaverusten eilinen tuttavuus Unski. Rähjäinen vaateparsi oli vaihtunut toiseen samankaltaiseen, jäljellä olevat hiukset osoittivat kaikkiin suuntiin.

Unski näytti siltä, että oli herännyt ovikellon soittoon. Tai oikeammin määritellen hän näytti heränneen vain siltä osin, että hänen jalkansa kykenivät siirtämään talonmiehen maallisen tomumajan ovelle. Unskin silmien avautumisprosessi oli vasta alkamassa. Unski havaitsi etsiväkaverukset, ja hänen silmänsä kokivat äkillisen heräämisen. Suu avautui, mutta ulos ei tullut kuin rahisevaa korahtelua ja rotanmyrkkyä muistuttava lemahdus. Unski rykäisi ja yritti uudestaan paremmalla onnella.

- Te?

Pultti ja Pöltsi odottivat hetken jatkoa, mutta sitä ei näyttänyt olevan luvassa. Unski ei ollut enää lainkaan yhtä puheliaalla tuulella kuin eilisiltana.

- Me, vastasi Pöltsi tulkittuaan Unskin lausahduksen kysymykseksi.

Unski näytti nielaisevan vastauksen, verrytteli leukojaan, ja ymmärsi, että hänellä oli taas puheenvuoro.

- Urpo Vartiainen, tämän ja naapurikiinteistön valpas vartija, alati toimelias talonmies, kaiken korjaaja ja joka paikan höylä. Palveluksessanne. Miten voin olla avuksi?
- Anteeksi aikainen herätys, pahoitteli Pöltsi. – Tulimme siksi, että tutkimme, siis selvittelemme, tai siis meitä

kiinnostaa, että tuossa Nöftän liikkeessä kävi eilen illalla joku.

- Jaha, totesi talonmies Unski. – En ollut tässä silloin. Olin ulkona.
- Juu ette varmaankaan, sanoi Pultti. – Mutta liikkeeseen mentiin avaimella. Nöftä sanoo, ettei avaimia ole kenelläkään asiaankuulumattomalla. Mutta teillä on yleisavain.
- Niin on, myönsi Unski. – Se kuuluu talonmiehellä ollakin.
- Oletteko lainanneet sitä tai onko sitä koskaan varastettu? kysyi Pöltsi.

Unskin silmät laajenivat entisestään. hän veti syvään henkeä ja puhisi, ja etsiväkaverukset saivat jälleen silmilleen aimo annoksen rotanmyrkyn aromia.

- Herran tähden pojat, kuinka rohkenette epäillä kaltaiseni kokeneen talonmiehen ammattitaitoa? En koskaan lainaa tai luovuta yleisavainta kenellekään. Pidän sen aina visusti tallessa. Varmassa paikassa. Oliko teillä muuta kysyttävää?
- Ei ole, sanoi Pultti nopeasti. – Anteeksi häiriö.

Unski nyökkäsi ja veti ovensa kiinni. Etsiväkaverukset siirtyivät takaisin ulkoilmaan.

- Tämä tutkintalinja ei johtanut pitkälle, totesi Pöltsi.
- Ei niin. Joko jollakin tuntemattomalla henkilöllä on avain, tai sitten ei ole.
- Mutta tulipa kysyttyä.

65

- Mutta näytäpä niitä sormiasi.

Pöltsi levitti sormensa Pultin nähtäville. Pultti nuolaisi omaa sormeaan ja pyyhkäisi sillä Pöltsin mustaa sormenpäätä. Osa mustasta väristä siirtyi Pultin sormeen.

- Tämä on nokea, totesi Pultti.
- Niin on, myönsi Pöltsi. – Ja missä nokisessa paikassa olemme juuri eilen olleet?

9. Neuvonpitoa

Etsiväkaverukset miettivät hetken noen alkuperää. Yhteys Dobermanin palaneeseen taloon tuntui ilmeiseltä, mutta vaikealta ymmärtää. Nokea saattaa tarttua mukaan muualtakin, mutta ainakaan Nöftän kivitalossa ei ollut tulisijoja. Asian tarkempi selvittely tuntui työntyvän tällä hetkellä sivummalle.

- Ja mitäs nyt sitten? kysyi Pultti.
- Pitäisiköhän näistä jutuista vähän jutella Nokosen ja Tirsan kanssa? ehdotti Pöltsi. – Lupasimmehan pitää heihin yhteyttä.
- Varmastikin pitäisi. Voimme kertoa omia ajatuksiamme, ja samalla udella, jos he tietävät jotakin.

Vartiointiliikkeen ovisummeri oli alakerrassa entisellä paikallaan. Sitä seurasi kiipeäminen toiseen kerrokseen. Tavan mukaisesti Unto Tirsa oli se, jonka tehtäviin kuului oven avaaminen jo ennen kuin tulijat ehtivät ovelle.

- Te? mölähti Tirsa. Se oli enemmän toteamus kuin kysymys.
- Me, vastasi Pöltsi nyt jo rutinoituneena tähän kysymykseen.
- Sisään, pyysi Tirsa. – Vetäkää ovi kiinni perässänne.

Etsiväkaverukset totesivat vastaanoton todellakin olevan piirun verran lämpimämpi kuin heidän käytyään täällä edellisen kerran. Niko Nokonen istui työpöydän takana kuten ennenkin, mutta ilme oli kohtelias, hymyn häive viivähti toisessa suupielessä sekunnin ajan, ja käsi heilahti tervehdyksen merkiksi. Toimiston kalustuskin oli täydentynyt kahdella tuolilla, mutta ne olivat vielä tehtaan paketeissa. Tirsa huomasi, etteivät tuolit olleet vielä istuttavissa, joten hän taikoi käteensä linkkuveitsen, napsautti sen terän auki Pöltsin nenän edessä, ja ryhtyi kuorimaan tuoleja ulos pakkausmuoveistaan.

- Istukaa toki, pyysi Nokonen ja viittasi kädellään kohti kuoriutuvia tuoleja. – Ja kertokaapa, mitä on kertynyt haaviin tähän mennessä.

Etsiväkaverukset katselivat kuinka Tirsa ähräsi tovin tuolien kimpussa, kunnes pääsivät istumaan.

- Teidän epäonnenne näyttää jatkuvan, aloitti Pöltsi.
- Niin, jos nyt tällaista suoranaista sabotointia voidaan epäonneksi kutsua, vastasi Nokonen.
- Huomasimme eilen, että Vuhvun liikekiinteistössä syttyi tulipalo, jatkoi Pultti. – Putiikki taisi palaa maan tasalle. Olitte käyneet siellä eilen aamulla muutama tunti ennen tulipaloa. Oliko siellä silloin kaikki kunnossa?
- Oli, vastasi Nokonen. – Jos ei olisi ollut, olisimme ottaneet yhteyttä omistajaan.
- Sanoisin, että olosuhteisiin nähden kaikki oli kunnossa, täsmensi Tirsa. – Suoraan sanoen, minun mielestäni se liikkeen omistaja Topi Doberman on hiukan omituinen tyyppi. Tai sanotaan vaikka, että hänen toimissaan on erikoisia piirteitä.
- Millaisia erikoisia piirteitä? kysyi Pöltsi.

- Tavallaan se on ymmärrettävää, jatkoi Nokonen. – Hänen liikkeensä sijaitsi alueella, jossa kaikki muu liiketoiminta on ajat sitten loppunut. Hän oli ikään kuin yksinäinen susi. Hänen oli keksittävä ideoita saadakseen asiakkaita syrjässä olevaan liikkeeseen.
- No mitä hän oli keksinyt? tivasi Pultti.
- Aikaisemmin hän myi sekä lemmikkieläimiä että niiden tarvikkeita. Liskoja, sammakoita, hamstereita ja muita pikkuelukoita. Mutta sitten viranomaiset kielsivät häneltä eläinkaupan, koska vanha puutalo ei silloisessa kunnossaan ollut siihen hommaan tarpeeksi turvallinen. Sen jälkeen Doberman alkoi myydä kaikkea mahdollista mitä eläimet tarvitsevat, ruokaa, koirien ja kissojen kaulapantoja ja talutushihnoja, hevosten länkiä ja hevosenkenkiä, lehmien utareen kannattajia ja lypsyjakkaroita, kaikkea mahdollista. Hänellä oli jopa heinäpaaleja hevosten ja lehmien ruuaksi. Tavallisesti paalit olivat ulkona peitteen alla, mutta kesälomansa ajaksi Doberman oli vienyt ne sisälle. Pelkäsi kai niiden pilaantuvan sateessa. Sellaiset palaa kuin soihtu, selitti Nokonen.
- Onko hän vienyt ne sisään lomiensa ajaksi joka vuosi? kysyi Pultti.
- Minusta tuntuu, arveli Nokonen. – että aikaisemmin niitä ei ole ollut ulkona eikä sisällä. Ehkä Doberman on saanut ne myytyä ennen kesälomaa, tai sitten niitä ei ole ollutkaan.

- Miksi Doberman yrittää myydä heinää ruuaksi kesällä, jolloin heinää kasvaa ulkonakin yllin kyllin? ihmetteli Pultti. – Talvellahan niitä kannattaisi myydä.
- Niitä oli talvella pihassa aika paljon, myönsi Nokonen. – Talvi taisi loppua ennen kuin heinät loppui.
- Lisäksi, täydensi Tirsa. – En tiedä vaikuttaako se asiaan, mutta herra Doberman on sekaantunut myös politiikkaan. Luulen, että hän saa kaupunginvaltuuston kokouspalkkioista lisätuloja, koska hänen liikkeensä kannattaa huonosti. Sehän ei tietenkään ole mikään rikos.
- Mutta ei niin huonosti, etteikö hänellä ollut varaa vartiointiin? ihmetteli Pöltsi.
- Emme oikeasti tiedä hänen taloudestaan mitään, sanoi Nokonen, - mutta politiikkaan kuuluu myös, että syntyy erimielisyyksiä ja silloin sieltä saa vastustajia.
- Onko hänellä tällä hetkellä niin pahoja vastustajia, että joku voisi syyllistyä tuhopolttoon? kysyi Pultti. – Voisiko se olla motiivi?
- Emme tiedä, vastasi Tirsa. – Sen tiedämme, että Doberman vastustaa tuohon kaupunginosaan suunnitteilla olevaa toimintakeskusta. Siitä huolimatta, että se toisi elämää niillekin kulmille. Pelkää kai, että hänen liiketalonsa puretaan.
- No nyt se talo sitten hävitettiin kuitenkin, totesi Pöltsi.
- Vaikuttaa myös siltä, ettei tulipalo liity teidän liiketoimienne häirintään, sanoi Pultti. – Etenkin jos se liittyy kaupungin päätöksentekoon.
- Ehkä ei, myönsi Nokonen.

- Tuli nyt samalla mieleen, tuumaili Pöltsi. – Keitähän näihin juttuihin liittyviä henkilöitä kaupunginvaltuustossa mahtaa istua?

Nokonen ja Tirsa tuumailivat hetken.

- Kyllä siellä muutama muukin yrittäjä on, vastasi Nokonen. - Yksi ikiaikaisimmista jäsenistä on tietenkin Alfons Nöftä, joka on ollut siellä jo kolmekymmentä vuotta. Mutta hän on herrasmies, eikä ole koskaan nostattanut riitoja mistään asiasta. Toisin kuin HUPU:n puheenjohtajatyyppi, joka taas on aina eri mieltä joka asiasta. En oikein ymmärrä, miksi puutarhanhoito ei passaa yhteen minkään muun asian kanssa.
- Alfons Nöftä? huudahtivat etsiväkaverukset yhteen ääneen.
- Mikä siinä on niin hämmästyttävää? ihmetteli Tirsa. – Alfons Nöftä on hyvä ystävämme. Meillekin voi olla joskus vähän hyötyä siitä, että hänen kauttaan saamme jotakin tietoa kaupungin asioista, ja me taas vartioimme hänen pientä liikettään lähes ilmaiseksi.
- No se ainakin selittää sen, miksi Alfons Nöftä toisteli eilen tavan tapaa, että olette "kelpo kavereita".
- Kävitte siis eilen myös Nöftää tapaamassa? totesi Nokonen. – Havaitsitteko siellä mitään erikoista?
- Luulemme, että joku siellä kävi teidän jälkeenne, vastasi Pöltsi. – Päätellen siitä, että pian teidän käyntinne jälkeen pihassa kävi kääntymässä punainen Saab. Emme nähneet tarkasti, mutta oletamme, että joku kävi sisällä. Tänään oli

havaittavissa joitakin jälkiä. Ikkunalle oli kiivetty ja katkaistu kameran johto.
- Ette siis ole varmoja? varmisti Tirsa.
- Emme ole varmoja. Näimme, että joku mustapukuinen henkilö kävi talossa sisällä, mutta viipyi hyvin vähän aikaa. Murtojälkiä ei näkynyt, joten sisään mentiin avaimilla. Jos sinne liikkeeseen asti nyt ylipäätään mentiin.
- Jos siellä ei käyty, niin miten muuten ikkunan jäljet olisivat voineet syntyä? kysyi Nokonen.
- Emme keksi muuta vaihtoehtoista selitystä, kuin että Nöftä on aiheuttanut ne itse, vastasi Pöltsi.
- Tai sitten jollain muulla on avain, ja tämä "joku muu" kävi siellä myöhemmin, totesi Pultti.
- Olisiko lukko voitu tiirikoida? ehdotti Tirsa.
- Emme usko. Olisi pitänyt olla tosi nopea tiirikkamies, vastasi Pöltsi.
- Eikä tuo kävijä ollut Nöftä itse? varmisti Nokonen vielä.
- Ei ollut. Tämä henkilö oli hoikka ja normaalipituinen. Nöftä ei ole kumpaakaan. Ero oli hyvin selvä, vastasi Pultti.

Seurueen keskuuteen syntyi taas pieni mietiskelytauko, jonka rikkoi hetken päästä Nokonen.

- Minun on vaikea kuvitella, miksi Nöftän räätälinpaja kiinnostaisi ketään.
- Kiinnostuksen kohde näyttää olevan näyteikkunassa oleva vanha ompelukone, vastasi Pöltsi, - Mutta emme mekään ymmärrä miksi. Olemme tuijottaneet sitä siinä ikkunassa

kahteen otteeseen, emmekä keksi muuta, kuin että se voisi olla pienen ilkivallan kohde.

- Ehkä näemme sen tänään, puuttui Pultti puheeseen. – Eilen katkaistiin virrat kamerasta, tai ainekin tekijä luuli tehneensä niin, ja tänään sitten isketään.
- Jos meillä olisi hyvät välit Nöftän kanssa, voisimme vartioida liikkeessä sisällä, jatkoi Pultti. - Mutta hän oli meitä kohtaan sen verran kylmäkiskoinen, ettei ainakaan minua huvita kysyä.
- Tjaa, maisteli asiaa Nokonen. – Enpä tiedä onko se sen arvoista, että siellä kannattaisi valvoa koko yö. Me tietenkin voisimme sen saada sovituksi Nöftän kanssa, mutta ei se taida maksaa vaivaa. Huomenna käymme siellä seuraavan kerran. Pidämme silmät auki ompelukoneen suhteen.

Pultti ja Pöltsi vilkaisivat toisiinsa. Tapaus Nöftä tuntui olevan loppuun käsitelty.

- Tulipa nyt vielä mieleen, arvuutteli Pöltsi jotakin sanoakseen. – Satutteko tietämään, mitä asioita nämä Humpulan Puutarhanharrastajat eli HUPU ajavat?
- Heh, vastasi Nokonen. – Eipä heitä kiinnosta mikään muu kuin puutarhanhoito. Mihinkään muuhun ei saisi käyttää kaupungin rahoja lanttiakaan. Eli he vastustavat kaikkea, johon käytetään rahaa.
- Eli käytännössä he vastustavat ihan kaikkea, täydensi Tirsa. – Mutta yksi hupulainen tulee aina valituksi valtuustoon, koska rahakirstun kannen kiinni pitäminen on

73

hyvä vaalimainos. Äänestäjätkään eivät pidä siitä, että heidän verorahojaan tuhlataan.

- No onko teillä toivetta, minne suuntaamme työpanoksemme tänään? kysyi Pöltsi.

- Tänään käydään Mutterin konepajalla ja Aimo Nakki & Medwurstin makkaratehtaalla, katsoi Nokonen papereistaan. – Luulisin, että tällaiset teollisuusyritykset kiinnostaisivat. Niistä mekin saamme enemmän liikevaihtoa.

- Selvä juttu, nyökkäsi Pultti. – Sinne sitten.

- Eiköhän tämä palaveri ollut tässä, totesi Pöltsikin ja nousi mukavasta tuolistaan.

- Sulkekaa ovi mennessänne, muistutti Tirsa.

10. Vorovex

- Jostakin syystä, sanoi Pöltsi, kun etsiväkaverukset olivat sulkeneet ovet perässään ja päässeet ulos kadulle, - minua kiinnostavat enemmän Nöftä ja Doberman kuin Mutteri ja Nakki.
- Samoin minua, sanoi Pultti. – Mutta lupaus täytyy kai pitää. Onhan se toisaalta hyvä nähdä, käykö noissakin paikoissa ylimääräisiä vieraita.
- Hiukan minua myöskin häiritsee, että Alfons Nöftä ei selvästikään ole sitä mieltä, että minkäänlainen vartiointi hänen liikkeessään olisi tarpeellista, ja myös Nokonen ja Tirsa ovat sitä mieltä, ettei sitä liikettä tarvitse vartioida, ja perusteluna sille on vain, että Nöftä on arvostettu kansalainen, tuumaili Pöltsi. – Eiväthän murtomiehet ja sabotoijat piittaa liikkeen omistajan arvostuksesta vähääkään.
- Ehkä nuo kolme ovat vain liian hyviä kavereita keskenään, ehdotti Pultti. – Mutta toimitaan me tänä iltana kuten Nokosen ja Tirsan kanssa sovittiin.
- Mutta meillä on vielä hyvää aikaa ennen iltaa. Käydäänkö ensin kysymässä Rasva-Repen kuulumisia?
- No tietenkin käydään. Onkin jo vähän nälkä.

Rasva-Repen grillille oli kätevää poiketa juuri nyt myös siksi, että se oli hyvin lähellä. Ei kulunut hetkeäkään, kun etsiväkaverukset istuivat jo kantapöydässään. Rasva-Repe toi heille vakioannokset maukasta kotigrillimuonaa, ja istahti sen jälkeen heidän seuraansa. Sillä hetkellä grillillä ei ollut muita asiakkaita.

- Rasvakeitin on nyt siis kunnossa? aloitti Pöltsi.
- Kyllä vaan. Entistä ehompi. Ei paljon uutta häpeä. Suomen Rasvakeitinhuollon korjaaja tuli heti aamulla, hymyili Rasva-Repe. – Hän vaihtoi keittimen vastuksen ja homma oli sillä selvä. Vähän hän ihmetteli, että se oli hajonnut. Ne kuulemma yleensä kestävät ikuisesti. Mutta joskus vaan niinkin käy.
- Näkyikö siinä mitään merkkejä ilkivallasta? kysyi Pultti.
- Arvasin, että kysyisit tuota. Ei näkynyt. Kai se oli vain tullut tiensä päähän. Vanhahan se jo olikin, tuumaili Rasva-Repe.
- No entäpä sen jälkeen? uteli Pöltsi. – Kävikö täällä ketään muita? Tavallisten asiakkaiden lisäksi.
- Toden totta, muisti Rasva-Repe. – Aamulla tänne ilmaantui yksi pariskunta. Nainen ja mies. En tuntenut heitä ennestään. Ostivat vain yhden nakin kaikilla mausteilla, jonka söivät puoliksi. Täytyy sanoa, etten ole koskaan ennen joutunut tunkemaan kaikkia mausteita yhteen nakkiin. Se kuulkaas vaatii jo ammattitaitoa.
- Niin varmasti, myönteli Pultti mutustellen samalla kauden sienisadolla terävöitettyjä makkaraperunoitaan. – Mutta sanoivatko he mitään, paitsi että tilasivat nakin kaikilla mausteilla?
- Juu, jatkoi Rasva-Repe. – Älähän nyt kiirehdi tai en kerro mitään. Juu, kuten olin kertomassa, he sanoivat olevansa kiertämässä yrityksiä ja tarjoamassa erittäin edullisia vartiointisopimuksia. Työnsivät käyntikorttinsa minulle

kouraan. Sanoin heille, ettei minulla ole vartiointi-
sopimusta, eikä minulla myöskään ole tarvetta sellaiselle.
- Miten he siihen reagoivat? jatkoi Pultti.
- Sen sanottuani heidän ystävällinen suhtautumisensa
muuttui saman tien töykeäksi. Sanoivat ensin, että siksi he
juuri sopimusta tarjoavat, koska minulla ei sellaista ole.
Sanoin uudestaan, ettei minulla ole tarvetta vartioinnille.
He sanoivat "ei sitten", riuhtaisivat käyntikorttinsa
kädestäni takaisin, ja poistuivat omille teilleen sen
enempää sanomatta.
- Sinulle ei siis selvinnyt, olivatko he vain myymässä, vai
olivatko he myös se vartiointiliike? kysyi Pöltsi.
- Oletin, että vartiointiliike olisi heidän, mutta ei se tarkkaan
ottaen selvinnyt. Voi olla kummin vaan, vastasi Rasva-
Repe.
- Ehtivätkö he kertoa mitään tarjouksestaan? kysyi Pultti.
- Ehtivät. Sanoivat, että ensimmäinen vuosi olisi ilmainen,
jos mitään ei satu. Toimenpiteistä laskutettaisiin voimassa
olevan hinnaston mukaan, samoin seuraavista vuosista.
Näyttivät hinnastoakin, mutta en muista summia tarkasti.
Eivät nekään kovin korkeita olleet.
- Jaaha, sanoi Pultti. – Tietämättä Nokosen ja Tirsan
taksoja, en ihmettele, että ilmainen vartiointi houkuttelee
monia.
- Olisihan siinä ollut hyvä hinta-laatusuhde, myönsi Rasva-
Repe. – Kunnes tulee seuraavan vuoden lasku. Se
saattaakin jo yllättää.
- Et sattunut huomaamaan, tulivatko he kävellen vai
autolla? kysyi Pöltsi seuraavaksi.

- Kävellen tulivat, vastasi Rasva-Repe. – Jos heillä oli auto, se oli jossain kauempana.
- Ja sitten se tärkein: Saitko selville heidän yhteystietojaan? kysyi Pöltsi.
- Käyntikortissa ne olivat präntättynä, mutta en jaksanut muistaa puhelinnumeroa edes sen aikaa, että olisin kirjoittanut sen muistiin. Osoitetta siinä ei ollut, vain joku postilokero Helsingissä. Mutta firman nimi ja henkilöiden nimet painoin mieleeni. Firma oli Vorovex Oy, ja kortissa oli nimet Orvokki Öttiäinen ja Andrei Vochkin.

Etsiväkaverukset tuumivat hetken ja keskittyivät lounaaseensa. Sitten Pöltsin haarukka pysähtyi puolitiehen lautasen ja suun välille, ja hän osoitti sillä Rasva-Repeä.

- Andrei Vochkin kuulostaa ulkomaalaiselta. Puhuiko hän mitään?
- Jos nyt tarkemmin muistan, niin vain nainen puhui selviä sanoja, vastasi Rasva-Repe hetken mietittyään. – Mies pelkästään nyökkäili, mörähteli, ja harrasti muuta sanatonta viestintää. Saattoi sanoa jotakin yksinkertaista, kuten "on halpa". En pannut merkille hänen kielitaitoaan, mutta nainen väänsi selvää suomea.
- Oliko heidän pukeutumisessaan mitään erikoista? Mitä heillä oli yllään? uteli Pultti edelleen.
- Jaa että mitenkä olivat puetut? Odotan kun muistelen taas. Juu, sillä naisella oli valkoinen paita, jossa oli pieniä sinisiä kukkakuvioita ja tavalliset farkut. Ja vaalea vähän kiharrettu puolipitkä tukka. Miehellä oli musta kuontalo,

musta paita ja mustat housut. Hyvin musta tyyppi.
Valkoista oli vain naamataulu.

Tämän kuultuaan putosi Pultinkin haarukka lautaselle.
Lopultakin edes yksi asia täsmäsi.

11. Tuhkaa ja heinäpaaleja

Maukas sienimakkaraperunalounas oli nautittu ja etsiväkaverukset lähtivät laahustamaan pitkin kadun viertä. Täysin vatsoin he tunsivat aivosolujensakin keskittyvän ruuansulatukseen, ja tiesivät ettei ajatuksenjuoksu pieneen hetkeen tulisi olemaan kirkkaimmillaan.

- Seuraava kysymys kuuluu, mitä me teemme sillä tiedolla, että Nöftän liikkeessä tai ovella kävi tummiin pukeutunut herra, joka kenties on nimeltään Andrei Vochkin? pähkäili Pöltsi lounaan jälkeen.
- Ehkä emme tee sillä tiedolla juuri nyt muuta, kun että talletamme sen omaan muistiimme. Ja pidämme silmämme auki siltä varalta, että tänään illalla näemme saman henkilön tai punaisen Saabin.
- Sen lisäksi, en oikein tiedä miksi, mutta minua kiinnostaisi käydä vielä vilkaisemassa palanutta Vuhvun taloa. Jos ei muuten, niin kiinnostaa nähdä, mitä siitä jäi jäljelle, sanoi Pöltsi ja loihti anovan katseen kohti Pulttia.
- Sopii minulle. Kävellään siihen suuntaan.

Muutaman minuutin kuluttua etsiväkaverukset seisoivat Vuhvun edustalla. Palokunta näytti tehneen työnsä hyvin. Rakennus oli edelleen pystyssä, vain Vuhvun liikkeen puoleisen päädyn sisäpuoli oli palanut. Kattokaan ei ollut kokonaan romahtanut. Ulko-ovi oli auki, ikkuna oli rikkoutunut ja poissa, ja sisällä oli pelkkää mustaa. Ikkunan ja oven karmit olivat hiiltyneet. Osittain myös ulkoverhoilu oli hiiltynyt, mutta alkuperäistä palamatonta maalipintaakin oli laajoin aluein näkyvissä. Poliisi oli käynyt eristämässä talon omalla muovinauhallaan. Etsiväkaverukset antoivat katseensa vaeltaa talon hiiltyneissä rakenteissa.

- Jäiköhän tuonne mitään jäljelle vai paloikohan kaikki täysin poroksi? tuumaili Pultti.
- Tuskin paljonkaan palavaa tavaraa on säästynyt, arveli Pöltsi. – On vaikea uskoa, että mikään olisi säilynyt palamatta. Katsomalla se selviäisi.
- Uskaltaisimmeko vilkaista tuonne sisään?
- Tässä on tämä poliisin nauha, sanoi Pöltsi ja katseli nauhasta tehtyä aitaa molempiin suuntiin ikään kuin etsien katseellaan siitä aukkoa. – Minun mielestäni tällä nauhalla yritetään sanoa, että pääsy on kielletty, ainakin ilman lupaa. Tai ei ainakaan toivottavaa.
- Keneltä ajattelit sitä lupaa kysyä?
- No eipä tässä näy ketään poliisiviranomaista jolta kysyisin. Enkä tiedä, kysyisinkö, jos näkyisi. Sitä paitsi tässä nauhassa lukee vain "Poliisin eristämä alue" eikä "Pääsy kielletty".
- Siinähän se lupa on melkein kuin kirjoitettuna. Jospa ollaan kiltisti tuolla sisällä ja yritetään olla koskematta mihinkään. Pitäisi varmaan tietää, onko poliisin palotutkija tai joku muu sellainen jo käynyt täällä.
- Kysytään jälkeenpäin ja ollaan varovaisia, päätti Pöltsi.

Pöltsi nosti nauhaa, pujahti sen alta, imaisi Pultin peräänsä, ja hiljaa hiipien etsiväkaverukset suuntasivat kohti avointa mustunutta ovea, joka kutsui asiattomia tunkeutujia kuin kummitustalon ahnas nielu. Pieni huomaamaton vilkaisu ympäristöön riitti varmistamaan, ettei kukaan katsellut heidän toimiaan.

Heti oven sisäpuolella vallitsi kaaosmainen hiiltynyt sekasotku. Liikkuminen mihinkään koskematta osoittautui hankalaksi. Lattialla oli hiiltyneitä puun kappaleita ja muuta tunnistamattomaksi muotoutunutta romua, jonka väisteleminen johti helposti horjahduksiin, jolloin taas käsi haki vaistomaisesti tukea jostakin. Sammutusvesi oli kertynyt lattialle mustaksi nokikerrokseksi, joka oli jo kuivunut asfalttimaiseksi pinnaksi. Nokikerroksessa oli havaittavissa runsaasti jalanjälkiä. Osa askelten painaumista oli selvästi nähtävissä, ja niissä esiintyi useamman eri kengän pohjakuvioita. Paikalla oli selvästi käynyt useita henkilöitä palon sammutuksen jälkeen. Joko poliisin tutkijoita tai muita, sitä eivät jalanjäljet kertoneet. Samoin oli mahdotonta arvioida sitä, oliko jonkun jäljen jättänyt kenkä myös Nöftän liikkeestä löytyneen noen lähde.

Joka puolella oli nähtävissä puoliksi palaneita ja kärventyneitä myyntituotteita. Niistä oli mahdotonta havaita mitään erityistä. Se oli vain palojätettä, joka odotti poistamistaan kaatopaikalle. Yhteistä kaikelle oli vain musta väri. Sisällä liikkeessä vallitsi täydellinen sekamelska. Paloruiskujen vesi oli lennättänyt myytävien tavaroiden jäänteitä ympäri huonetta. Lisäksi kitkerä palaneen käry leijui edelleen liikkeessä. Se teki hengittämisen epämiellyttäväksi, mikä puolestaan kannusti suorittamaan tutkimuksen nopeasti loppuun.

Ahnaat liekit olivat päässeet nuolemaan liikkeen jokaisen nurkan ja kolon, ja kaikki oli mustalla noella kuorrutettua. Etsiväkaverukset astuivat haparoivan askeleen kerrallaan, vilkaisivat jokaisen askeleen jälkeen ympärilleen, ja etenivät tällä lailla hitaasti kohti liikkeen takaosaa. Äkkiä molemmat huomasivat takaosassa jököttävän mustan toteemipaalun. He lähestyivät sitä varovasti. Lähietäisyydeltä Pöltsi tunnisti toteemin. Liikkeen takaoven pielessä, oven saranapuolella nurkassa oli pinottuna neljä heinäpaalia, jotka kaikkien odotusten vastaisesti eivät olleet palaneet. Luultavasti lähempänä ovea oli ollut muita heinäpaaleja, jotka olivat palaneet ja katkaisseet Hydsonin pakotien. Ehkä tulipalon sytyttäjä oli heittänyt sytykkeensä takaovelta mahdollisimman kauas liiketilaan, eivätkä liekit olleet täydellä voimallaan ehtineet suojaisimpaan nurkkaan asti. Mutta nämä tiiviiksi puristetut syrjäisimmän nurkan heinäpaalit olivat vastustaneet kohtaloaan, ja palokunta oli ehtinyt hätiin.

Pöltsi tarkasteli heinäpaalipinoa vähän tarkemmin. Se kiinnosti häntä paitsi siksi, ettei muutakaan kiinnostavaa löytynyt, ja myös siksi, että etsiväkaverusten Nokoselta ja Tirsalta saamien tietojen mukaan koskaan aikaisemmin ei Doberman ollut varastoinut heinäpaaleja liikkeensä sisälle. Se seikka ei oikein ollut yhteensopiva tapahtuneen tulipalon kanssa. Ensin viedään äärimmäisen tulenarkaa tavaraa liikkeeseen, ja sitten se tuikataan tuleen. Lisäksi häntä hämmästytti, etteivät heinäpaalit kuitenkaan olleet kokonaan palaneet, vain

83

hiiltyneet pinnastaan. Ehkä ilmiö oli sama kuin tiivistä paperipinoa polttaessa, tuli ei helposti pääse tunkeutumaan tiiviin paalin sisuksiin asti.

Pöltsi siveli paalipinoa kädellään. Lattialle varisi nokihileitä, ja niitä tarttui myös Pöltsin käteen. Se näytti ja tuntui samanlaiselta kuin Nöftän liikkeessä ollut noki. Mutta sillä ei välttämättä ollut mitään merkitystä. Siltähän noki tuntuu, riippumatta siitä mistä se on lähtöisin. Alimman paalin kohdalla Pöltsi tunsi kuitenkin sormensa osuvan johonkin kovempaan kohtaan. Johonkin, joka ei tuntunut hiiltyneeltä heinältä. Pöltsi kyyristyi alimman paalin äärelle ja katsoi tarkemmin. Jotakin siellä tosiaankin erottui joukosta. Pöltsi kaapi enemmän nokea pois kohteen ympäriltä. Hienojakoinen noki jäi leijumaan ilmaan ja sai Pöltsin yskimään. Pöltsi tarttui paljastuvaan esineeseen sormillaan. Esine tuntui olevan jonkinlainen kansio, joka oli kärventynyt vain reunoiltaan. Pöltsi yritti vetää sitä ulos, mutta kansio oli tiukassa. Pöltsi kuoputti lisää esineen ympäristön nokisia heiniä, veti ja nyki välillä esinettä, kunnes se antoi periksi.

Pöltsi todellakin piti kädessään jonkinlaista kansiota. Sen sisällä tuntui olevan jotakin. Pultti seurasi vierestä Pöltsin toimia. Pöltsi käänteli kansiota käsissään. Kansion päällä ei ollut tekstiä eikä muuta tunnistetta. Pöltsi avasi kansion. Sisällä oli nippu papereita. Pöltsi otti paperinipun käteensä ja lehteili sitä. Paperit näyttivät lähes vahingoittumattomilta, jos ei vahingoksi lasketa sitä, että niihin tarttui Pöltsin nokisia sormenjälkiä. Enempiä jälkiä välttääkseen Pöltsi jäi katsomaan vain paperinipun kansilehteä.

- Mitä papereita ne ovat? kysyi Pultti. – Liittyykö ne johonkin vartiointijuttuihin?
- Eivät ne liity, vastasi Pöltsi. – Etkä ikinä arvaa mitä tässä lukee. Enkä oikein usko, että edes uskot.
- No mitä siinä seisoo?

Pöltsi veti henkeä ja luki Pultille kansilehden.

- Tämä on ympäristöministeriölle tehty selvitys tarpeellisista toimenpiteistä, joilla estetään pingviinien leviäminen Humpuveden järveen ja ympäröiviin vesistöihin.

12. Topi Doberman

Pultti oli hetken hiljaa ja sulatteli kuulemaansa.

- Olet oikeassa. En usko, hän sanoi lopulta. – Näytä minullekin.
- Arvasinhan. Katso itse.

Pöltsi ojensi paperinippua Pultille, kun ojennus keskeytyi huutoon.

- Etkä katso! Anna ne paperit minulle!

Uusi käskevä miesääni takaovella vaati papereita itselleen. Etsiväkaverukset säpsähtivät ja katsoivat taakseen. Takaoven aukon peitti miehen siluetti. Hetken tarkastelun jälkeen diagnoosi oli selvä: mies oli juuri lomalta palannut. Sandaalit jalassa. T-paita ja shortsit. Ikää noin 50 vuotta. Kiukkuinen katse, joka porautui etsiväkaverusten läpi heinäpaaleihin.

- Herra Doberman? kysyi Pöltsi arasti.
- Minä itse. Ja keitäs te olette ja mitä teette täällä minun liikkeessäni?
- Me luulimme, että tämä on kauppa. Ovi oli auki, joten tulimme sisään, selitti Pultti.

Herra Doberman tuhahti äänellä, joka kuulosti siltä kuin vetopasuunaan puhallettaisi täysin keuhkoin takaperin, samalla lailla kuin härkä puhisee sekunti ennen hyökkäystä.

Kuutiometri lisää nokea tuntui pöllähtävän ympäristössä tuhahduksen voimasta.

- Ettekö näe, ettei liike ole auki?

Pultti pyöritteli päätään hakien katseellaan merkkejä liikkeen aukiolosta.

- Emme. Ovi oli auki, ja luulimme että palvelu täällä pelaa, puolustautui Pultti edelleen. – Tosin täällä on vähän, hmm… sanoisinko sekaista. Ehkä täällä olisi syytä vähän siivota paikkoja?
- Mitäs jos nyt antaisit ne paperit minulle ja sitten häipyisitte! huusi herra Doberman ja kurkotti kättään kohti Pöltsillä olevia papereita, joka puolestaan veti kätensä kauemmas.
- Niin, anteeksi, yritti Pöltsi korjata tulehtumaisillaan olevaa tunnelmaa. – Me siis olemme Pultti ja Pöltsi, etsiväkaverukset, kuten meitä kutsutaan. Olemme täällä vartiointiliike Nokonen & Tirsan toimeksiannosta. He pyysivät meitä tutkimaan omituisia tapahtumia, joita on ruvennut tapahtumaan heidän vartioimissaan kohteissa. Hehän eivät voi olla paikalla jatkuvasti.

Herra Doberman katsoi etsiväkaveruksia vuoron perään kuin korkeimman oikeuden tuomari elinkautisvankeja miettiessään, täytyisikö nämä päästää vapaaksi vai istuttaa enemmittä kuulusteluitta sähkötuoliin. Hän näytti päätyvän lähemmäs vapauttavaa tuomiota.

- Eipä siitä vartioinnista ollut hyötyä, murisi Doberman. – Katsokaa nyt ympärillenne, kuinka tässä kävi. Kaikki on mennyttä.
- Huomaamme sen, ja esitämme pahoittelut tilanteesta, vaikka emme tulipalossa osallisina olleetkaan, sanoi Pöltsi toivoen tilanteen sulavan. – Me luulimme teidän olevan kesälomalla, jossain muualla.
- Olin mökilläni lomailemassa, tokaisi Doberman. – Tuossa melko lähellä. Minulle soitettiin tulipalosta eilen, ja tulin poliisin pyynnöstä takaisin kaupunkiin. Saavuin ihan äsken. Näen tämän nyt itsekin ensimmäistä kertaa.
- Jos sallitte, jatkoi Pultti, - niin pari kysymystä tässä herää. Ensinnäkin, ennen tulipaloa tänne murtauduttiin takaoven kautta. Kuinka monella on avain tänne?
- Minun lisäkseni vain vartiointiliikkeellä, vastasi Doberman.
- Ja toiseksi, miksi ihmeessä nämä paperit on piilotettu heinäpaalin sisään? Ettekö pelkää, että joku hevonen tulee ja syö ne?

Doberman ei vastannut tähän kysymykseen yhtä nopeasti. Hän huokaisi ja mietti, tuntui olevan kahden vaiheilla, kunnes sanoi:

- Minun huumorintajuni ei nyt oikein riitä tähän. Eikä minun varmaankaan pitäisi puhua tästä teille vaan poliisille. Mutta asia on niin, että minun kotiini on murtauduttu, ja sieltä on varastettu jotakin, mikä on minulle hyvin arvokasta. Siksi kätkin nuo paperit tänne, missä kuvittelin niiden olevan suojassa.

- No mutta jos poliisi haluaa puhua teidän kanssanne, ja tekin haluatte puhua poliisin kanssa, niin sittenhän voimme kai mennä poliisin juttusille kaikki yhdessä, ehdotti Pöltsi.
- Minä menenkin tästä poliisin juttusille, noiden papereitteni kanssa, vastasi Doberman. - Mutta teistä en tiedä.
- Uskokaa tai älkää, mutta tutkimme tapausta. Ja olemme poliisien tuttuja ennestään. Tunnemme Kai Mäkäräisen ja Hannes Hydsonin oikein hyvin, selvitti Pöltsi.

Doberman nyökkäsi vähän vastahakoisesti.

- Mennään heti, jos annat ne paperit takaisin. Ne eivät ole teidän papereitanne.

Pöltsin teki mieli vielä kysyä, miten kummassa pingviinien leviäminen Humpuveteen on niin tärkeä asia, että sitä koskeva selvitys piti kätkeä. Tai miten ylipäätään pingviinejä voisi eksyä tänne. Mutta koska yhteinen vierailu poliisilaitoksella näytti järjestyvän, hän päätti säästää kysymyksen tuonnemmas, ja ojensi paperinipun Dobermanille, joka tunki ne takaisin kansioonsa, ja nikkasi päätään etsiväkaveruksille merkiksi lähteä.

Kompuroituaan takaisin ulos etsiväkaverukset yrittivät pyyhkiä nokea kengistään ja käsistään nurmikkoon. Ei olisi kohteliasta jättää nokisia jalanjälkiä ympäri poliisilaitosta.

13. Poliisin pakeilla

Kolmikko saapui Humpulan poliisiasemalle sulassa sovussa yhtenä ryhmänä. Pultti avasi oven ja kolmikko astui sisään. Aulassa neuvontatiskin takana istui virkailija, joka kohotti katseensa kohti tulijoita ja antoi katseellaan ymmärtää, että jokaisen velvollisuus on asioida hänen tiskillään ennen astumista peremmälle laitokseen.

- Päivää, sanoi Pöltsi ja olisi nostanut hattuaan virkailijarouvalle, jos hänellä olisi sellainen ollut. – Olisikohan Kai Mäkäräinen tai Hannes Hydson tavattavissa.
- Katsotaanpa, sirkutti virkailija virkaäänellään. – Saanko tiedustella ketkä kysyvät?
- Toivo Doberman, sanoi Doberman. – Asia koskee palanutta liikettäni Vuhvua. Teiltä soitettiin ja pyydettiin saapumaan kuultavaksi.
- Ja me olemme Matias Pulterius ja Pekka Pöllänen, selvitti Pultti. – Konstaapelit Hydson ja Mäkäräinen tuntevat meidät kyllä.
- Aivan, se Vuhvun palotapaus... Hannes Hydsonhan oli sattumalta siellä palopaikalla, ja melkein jopa palon kohteena. Hän on vielä tänään sairaslomalla saamassa happea. Hänellä todettiin lievä häkämyrkytys. Ja Mäkäräinen taas ... katsotanpas ... hänkin näyttää juuri nyt olevan virkatehtävissä. Voisiko joku muu olla avuksi?

- Ja paskat minä tässä missään virkatehtävässä olen, kuului Mäkäräisen puoliksi kiukkuisen sävyinen ääni käytävästä. – Paperihommia vaan. Päästä heidät sisään.

Virkailija vaikutti hämmentyvän ja vilkaisi käytävän suuntaan. Mäkäräinen ei kuitenkaan vaivautunut tulemaan näkyville.

- No, siinä tapauksessa olkaa hyvä, totesi virkailija ja osoitti kädellään käytävän suuntaan. – Jos etenette ääntä kohti, löydätte Mäkäräisen tuolta käytävästä.
- Asia selvä.
- Kiitos.
- Löydetään.

Kai Mäkäräisen huoneen ovi oli avoinna. Hän istui työpöytänsä takana penkomassa papereitaan, eikä näyttänyt ollenkaan viihtyvän niiden seurassa. Konstaapeli Mäkäräinen oli enemmänkin toiminnan mies kuin konttorirotta.

- Herra Vuhvu ja kumppanit, oletan, hän virkkoi saattueen saavuttua ovelle.
- Toivo Doberman, oikaisi Toivo Doberman ja astui sisään Mäkäräisen työhuoneeseen. Etsiväkaverukset seurasivat perässä.
- Aivan, korjasi Mäkäräinen. – Olkaa tervetulleet ja käykää istumaan. Tosin vierastuoleja on vain kaksi.
- Ei se mitään, me voidaan seistä, sanoi Pöltsi samalla kun Doberman kiirehti valtaamaan toisen tuoleista.

91

- No hyvä. Laitetaanpa sitten asioita järjestykseen, aloitti Mäkäräinen. - Ensinnäkin pahoitteluni liikkeenne puolesta. Toivottavasti vakuutukset olivat kunnossa?
- Kiitos pahoitteluista, sanoi Doberman. – Vaikka eivät ne paljon auta. Vakuutus minulla on, mutta vanhan kiinteistön vakuutusarvo ei ole kovin kummoinen.
- Eipä tietenkään, ja vakuutusyhtiöllä menee aikaa asian käsittelyssä, jopa pidempään kuin meillä, myönteli Mäkäräinen. – Ja ymmärrän, että bisnes kärsii sillä aikaa.
- Niin se tekee, nyökkäsi Doberman.
- Mutta asiaan, vakavoitui Mäkäräinen. – Te siis olitte poissa paikkakunnalta eilen tulipalon syttyessä?
- Niin olin. Mutta en kaukana. Olin maatilallani kesälomalla. Tai ei se oikea maatila ole. En viljele siellä mitään. Se on vain vanhemmilta peritty paikka. Sijaitsee parinkymmenen kilometrin päässä.
- Oliko siellä muita?
- Ei ihmisiä. Vanhemmat eivät ole enää elossa, siksi se onkin perintöpaikka. Siellä tilalla ei ollut muita, mutta naapurit saattoivat hyvinkin nähdä minut siellä. Samoin kaikki eläimet, joita minulla siellä on.
- No mutta ehkäpä etsiväkaverukset voisivat käydä siellä kuulustelemassa kaikki possut ja kanat, ehdotti Mäkäräinen ja katsoi virnistäen Pulttiin ja Pöltsiin.
- Totta kai, tarttui Pöltsi syöttiin ja virnisti takaisin. – Mitä eläimiä siellä on?
- Ei minulla sikoja ja kanoja ole, huokaisi Doberman, joka ei selvästikään ymmärtänyt pientä huumoria. – Mutta lampaita on puoli tusinaa, lauma pupuja, en tiedä määrää,

koska ne lisääntyvät keskenään jatkuvasti. Sitten on kaksi alpakkaa ja islanninponi.
- Ei vahtikoiraa? kysäisi Mäkäräinen.
- Naapurin koira pitää tunkeutujat poissa minunkin puoleltani, vastasi Doberman.
- Vietättekö siellä aikaanne siellä paljonkin? Muulloinkin kuin loma-aikoina? kysyi Mäkäräinen. – Eläimiähän täytyy hoitaa jatkuvasti.
- Käyn siellä kerran tai kaksi viikossa ympäri vuoden. Talvisinkin. Naapurikin auttaa eläintenpidossa, kun en itse ole paikalla.
- Jassoo. Saanko kysyä ihan uteliaisuuttani, onko kyseessä vanhempienne eläinjäämistö, vai onko se teidän oma harrastuksenne, tai liittyykö se peräti ammattiin?
- Vanhemmilta jäi sinne vain sata kärpästä, ei muuta eläimistöä, ja niiden tappamiseen saatan olla syyllinen. Nämä eläimet ovat omiani, ja sikäli ne liittyvät ammattiini, tai ammattini niihin, että olen tietenkin eläimistä kiinnostunut. Unelmani on aina ollut saada niille kunnollinen tarha tästä lähempää, niin että voisin hoidella niitä joka päivä.
- Siis kaupungin eläintarha! huudahti Pultti. – Te olette siis sen hankkeen puuhamies.

Doberman käänsi päätään ja vilkaisi etsiväkaveruksiin.

- Eihän se mikään salaisuus ole. Olen ilmoittautunut vapaaehtoiseksi eläintarhan vastuuhenkilöksi, jos sellainen perustetaan. Mutta se ei näytä olevan täällä kaikkien mieleen.

Mäkäräinen kohensi asentoaan ja rykäisi.

- Jos sitten siirrytään siihen tulipaloon. Talot eivät yleensä syty itsestään. Eivät ainakaan sellaisella rytinällä, jolla teidän liikkeenne paloi. Onko teillä mitään käsitystä siitä, miten tulipalo on voinut syttyä?

Doberman katsoi ihmeissään vuorostaan Mäkäräistä.

- Eikö se ole selvää, että se sytytettiin tahallaan? Joku rikollinen kai roiskutteli kanisterillisen bensaa ja tuikkasi sen tuleen, tai heitti polttopullon tai jonkin muun palavan esineen takaovesta sisään. Minä en ollut sitä näkemässä, mutta niin minulle puhelimessa teidän taholta kerrottiin.
- Anteeksi huono sanavalintani, korjasi Mäkäräinen. – Oikeastaan piti kysyä, onko teillä aavistusta sytyttäjän henkilöllisyydestä?

Doberman ei vastannut heti. Hän näytti arvuuttelevan mielessään, mitä uskaltaisi sanoa.

- Vai pitäisikö minun kysyä, onko teillä vihamiehiä? taivutteli Mäkäräinen edelleen.
- On henkilöitä, joiden kanssa en välttämättä ole ihan parhaissa väleissä, vastasi Doberman lopulta. – Mutta minun on vaikea uskoa, että kukaan heistä menisi niin pitkälle, että syyllistyisi tuhopolttoon. On parempi, etten ryhdy arvailemaan ketään nimeltä.
- Ymmärrän ettette halua pahentaa asioita, sanoi Mäkäräinen. – Asia on vaan niinkin, että meidän on kovin

vaikeaa päästä tutkimuksissamme alkuun, jos meillä ei ole ketään, mihin kohdistamme tutkimuksemme. Siinä suhteessa olisi hyvä, jos voisitte mainita joitakin nimiä. Sehän jää meidän väliseksi asiaksi, emme me pelkän nimilistan perusteella lähde syytteitä nostamaan.

- Jospa minä mietin asiaa. Toimitan nimet teille vaikka huomenna. Minun täytyy itsekin punnita asioita mielessäni tarkemmin, lupasi Doberman.

Mäkäräinen nyökkäsi hyväksymisen merkiksi. Seurasi hetken hiljaisuus, jonka Pöltsi käytti hyväkseen:

- Kerroitte meille, että myös kotiinne on murtauduttu. Oletteko tehnyt siitä rikosilmoitusta?

Mäkäräinen valpastui.

- Minä en tiedä, että olisimme saaneet rikosilmoitusta. Onko tämä totta?
- On se totta, vastasi Doberman. – En ole saanut aikaiseksi. Asia on melko tuore.
- Milloin tämä tapahtui?
- Noin kaksi viikkoa sitten. Juuri ennen kuin aloitin kesälomani. Halusin päästä lähtemään maatilalleni, ja sen takia asia jäikin kiireessä hoitamatta.
- Onko kyseessä pelkkä ilkivalta, vai varastettiinko jotakin? kysyi Mäkäräinen.
- Ei ilkivaltaa. Ovi oli tiirikoitu taitavasti, siinä ei näkynyt muita jälkiä, vain lukon haittalevyt olivat sekaisin. Toisaalta lukko on vanha, ei se kunnon tiirikkamiehelle

anna kunnon vastusta. En ole havainnut varastetun muuta kuin joitakin kaupunginvaltuuston päätöksentekoon liittyviä papereita.

- Kertoisitteko tarkemmin, mihin asiaan nämä paperit liittyvät?
- Eläintarhaan, vastasi Doberman.
- Kertokaa tarkemmin, tivasi Mäkäräinen. Hänen katseensa oli jo rahtusen terävämpi kuin tilaisuuden alussa.
- No hyvä on. Minä kerron koko jutun. Eläintarhan vetonaulaksi on suunniteltu hankittavan pingviinejä, kertoi Doberman. – Se ei ollut minun keksintöni, mutta innostuin asiasta. Innostukseni takia niiden hankinnasta huolehtiminen sysättiin minulle. Mutta pahaksi onneksi pingviinit eivät ui vapaaehtoisesti Etelämantereelta Humpuveteen, vaan ne täytyy kuljettaa. Lentorahti on liian kallista ja laivarahti on liian hidasta. Ne pitää kuljettaa maitse, enimmäkseen junassa. Kuljetukseen liittyviä asioita hoitaa eräs skotlantilainen elintarhaoperaattori nimeltä Steve McAdeline. Hän on kuitenkin törmännyt asiassa moniin vaikeuksiin. Ei ole ihan yksinkertaista kuljettaa pingviinejä junassa maapallon toiselta puolelta. Monet valtiot vaativat kuljetettaville eläimille erillistä matkalupa-asiakirjaa tai vastaavia papereita, eläinlääkärin todistuksia, ja sellaisia. Viisumihakemus laitetaan yleensä vireille matkan lähtöpäässä, mutta Etelämantereella ei ole ketään, joka laittaisi papereita vetämään. Näihin pingviinien kuljetusasioihin ne paperit liittyivät. Nyt ne ovat hukassa, ja pingviinit ovat juuttuneet sen takia

Kongon viidakkoon. Ja sen takia koko eläintarhahanke viivästyy.

Kertomus sai koko porukan hämmennyksiin. Mäkäräinen katsoi kaikkia huoneessa olijoita vuorotellen, eikä tiennyt miten asiaan suhtautuisi. Lopulta hän jatkoi keskustelua:

- Ymmärsinkö oikein, että jos ette saa pingviinejä, ette myöskään saa eläintarhaa?
- Kyllä ymmärsitte. Täytyy olla vetonaula. Kukaan ei tulisi pelkkiä lampaita tai kahta alpakkaa katsomaan, selvitti Doberman.
- Entä nuo paperit, joita te nyt raahaatte mukananne? Mihin ne liittyvät?
- Niin nämä, ilahtui Doberman piirun verran. – Nämä paperit onneksi säästyivät. Nämä olivat eri paikassa kotonani, eikä varas löytänyt näitä. Sitten hätäpäissäni piilotin ne liikkeeseeni. Onneksi ne selvisivät tulipalostakin. Tämä selvitys maksoi aika lailla, ja jouduin pulittamaan rahat omasta pussistani. Minulla ei olisi ollut varaa uuden selvityksen teettämiseen.
- Ja mikä selvitys se on? kysyi Mäkäräinen.
- Pingviinit ovat lentokyvyttömiä vesilintuja, joten ajatus on ollut antaa niiden oleskella Humpuvedessä. Ympäristöministeriö puolestaan vaatii selvityksen siitä, miten pingviinit voidaan sijoittaa Humpuveteen siten, etteivät ne karkaa.
- No miten?
- Aitaamalla niille oma alue tietenkin, vastasi Doberman. – Niinhän eläintarhoissa yleensäkin tehdään. Oletteko

koskaan käyneet eläintarhoissa? Jos olette, niin olette ehkä huomanneet tämän. Käytännössä tämä paperipumaska on suunnitelma järveen tehtävän aitauksen rakentamisesta.

- Olen käynyt Korkeasaaressa, vastasi Mäkäräinen. – Joten kysyn nyt vielä, kuka tätä teidän eläintarhaanne niin kovasti vastustaa?
- Puolet kaupunkilaisista. Tai ainakin noin puolet valtuustosta, totesi Doberman. – Valtuusto on nyt jakautunut kahtia. On eläintarhan kannattajat, ja on toimintakeskuksen kannattajat. Kaikki tietävät, että kaupungilla ei ole varaa toteuttaa molempia. Silloin toisen hankkeen kannattaja on samalla toisen vastustaja.
- Selvä, päätti Mäkäräinen. – Ehkä kysymme nämä kahtia jakautuneet nimet kaupunginvaltuuston puheenjohtajalta. Siinä meillä sitten on nimilistaa kylliksi. Onko jotakin muuta, mitä haluaisitte kertoa?
- Ei muuta. Napatkaa se tuhopolttaja kiinni, vastasi Doberman.

Mäkäräinen katsoi kysyvästi vuorotellen Dobermania ja etsiväkaveruksia. Doberman ei näyttänyt olevan halukas puhumaan enempää. Etsiväkaverukset taas kokivat, ettei aika ja paikka ollut sopiva enempään pohdiskeluun. Kun kukaan ei enää sanonut mitään, Mäkäräinen totesi:

- Palaveri on siis tällä kertaa päättynyt. Voitte poistua. Minulla on tässä nämä paperihommat kesken. Mutta olkaa ystävällinen ja pysytelkää tavoitettavissa, herra Doberman.

- Asia ymmärretty, sanoi Doberman. - Tavoititte minut eilenkin oikein hyvin.

Doberman nousi ja kolmikko poistui huoneesta kohti poliisilaitoksen uloskäyntiä. Aulassa Pultti nyökkäsi kevyesti ja hymyili päivystävälle virkailijalle, joka hymyili takaisin, vaikka ei muuten ollut huomaavinaan. Ulko-ovella Doberman pysähtyi äkisti, katsoi kaupungin horisonttiin ja päästi epätoivoisen huudahduksen:

- Voi ei!

Etsiväkaverukset katsoivat ensin jähmettynyttä Dobermania ja sitten samaan suuntaan horisonttiin. Talojen takaa nousi jälleen mustaa savua.

- Ei voi olla totta! Minä asun tuollapäin! huusi Doberman pelästyneenä ja pinkaisi juoksuun sen enempää etsiväkaveruksia hyvästelemättä.

Etsiväkaverukset jäivät katsomaan hänen peräänsä.

- Jos vanha sanonta savusta ja tulesta pitää ollenkaan paikkaansa, tuolla on taas tulipalo, totesi Pöltsi.
- Ei tuokaan savu mistään savupiipusta tule, arveli Pultti.
- Onkohan kyseessä toinen tuhopoltto? kysyi Pöltsi.
- En muista, että Humpulassa olisi koskaan sattunut kahta tulipaloa peräkkäisinä päivinä. Onkohan Humpulaan saapunut joku pyromaani? ihmetteli Pultti.
- Siinä tapauksessa olisiko niin, ettei Vuhvun tulipalo oikeasti liitykään mihinkään muuhun tapahtumaan, vaan

on vain hullun pyromaanin tekosia? jatkoi Pöltsi ihmettelyään.

- En oikein usko. Vuhvun polttamisella tuntuu olleen motiivi. Tuhopolttaja halusi saada haltuunsa tai hävittää polttaa kaikki asiapaperit. Hän ei löytänyt kaikkea, joten hän päätti polttaa ne, ensin liikkeestä ja nyt Dobermanin kotoa.
- Tuo on hyvä teoria, mutta todistapa se oikeaksi.
- Selvä. Seuraavaksi meidän pitää selvittää, palaako tuolla Dobermanin koti vai jokin muu, päätteli Pultti.
- Niin pitää. Mutta sitä ennen, sanoi Pöltsi. – Huomasitko tuon virkailija tuolla aulassa?
- Miten niin? Miten olisin voinut olla huomaamatta?
- Huomasitko mitä hänellä on yllään?

Pultti mietti ja kurkisti oviaukosta takaisin sisään.

- Piti tarkistaa. Huomasin. Valkoinen kukallinen paita. Niitä myydään kaupoissa. Sellainen voi olla kenellä tahansa muullakin kuin vartiointiliikkeen edustajalla. Ajattelitko, että viemme hänet Rasva-Repelle tunnistettavaksi?
- Ei meidän tarvitse. Et huomannut kaikkea. Hänen rintapielessään on nimilappu, jossa seisoo nimi Öttiäinen. Sellainen nimilappu voi olla vain Öttiäisellä, ja Öttiäinen ei ole kovin yleinen sukunimi.

14. Roskaa

Saavuttuaan palopaikalle etsiväkaverukset saivat todeta, että tulipalo ei sittenkään ollut valinnut kohteekseen herra Dobermanin kotitaloa. Tulessa oli vain asumattoman talon pihassa ollut roskakasa. Paikalle oli vaivautunut yksi paloauto, ja palomiehet ehtivät sammuttamaan palon nopeasti ennen kuin se ehti levitä minnekään. Vahinkoa ei ollut syntynyt.

- Mutta ihmetyttää tämäkin, tuumaili Pöltsi. – Ensinnäkin, tämä piha ja puutarha on täysin hoitamaton. Siitä huolimatta joku on nähnyt niin paljon vaivaa, että on kerännyt asumattoman talon pihassa roskaa yhteen kasaan.
- Hupu? ehdotti Pultti.
- Ehkä. Toiseksi, ei tuollainenkaan kasa syty itsestään. Miksi joku haluaa polttaa sen?
- Jaa, pohti Pultti. – Olen minä ennenkin kuullut, että roskia poltetaan. Niistä pääsee näet sillä tavalla kätevästi ja vähällä vaivalla eroon.
- Mutta miksi? intti Pöltsi. – Asumattoman talon pihassa. Ketä ne tuossa häiritsee?
- Ihan kuin haluaisit minun vastaavan, että tuonkin kasan sisään oli piilotettu jotakin, mikä piti hävittää?
- No ei nyt sentään. Ihmettelen vain ääneen. Jokin tässäkin mättää.
- Niin kuin meillä yleensä. Mutta usko pois, papereiden tai muiden tavaroiden hävittämiseen on muitakin keinoja kuin polttaminen.

- Ehkä olet oikeassa. Ehkä joku on vain ajattelemattomuuttaan halunnut polttaa roskia.

Tätäkin palopaikkaa taivastelemaan oli kertynyt pieni joukko lähitalojen asukkaita. Pöltsi silmäili väkijoukkoa. Toivo Dobermania ei joukossa näkynyt, oli varmaankin toistaiseksi helpottuneena kiiruhtanut varjelemaan kotiaan. Sekalainen katselijajoukko oli sen näköistä, että jos heidän olemuksestaan saattoi päätellä jotakin tämän kaupunginosan asuin-olosuhteista, ne eivät voineet olla kovin kummoiset. Joukkoon sulautui kuitenkin yksi henkilö, jonka Pöltsi tunnisti. Talonmies Unski.

Unski tunnisti myös etsiväkaverukset ja näytti siltä, että hän olisi havainnon tehtyään halunnut luikahtaa tiehensä, mutta havaituksi tultuaan ei enää uskaltanut niin tehdä. Sen sijaan hän siirtyi etsiväkaverusten vierelle.

- Kato mitä pojat, hän tervehti. – Tulipalot kiinnostavat, vai mitä?
- Ne näyttävät houkuttelevan paikalle väkeä, vastasi Pöltsi diplomaattisesti.
- Sinäkin olet kaukana kotoa, huomautti Pultti. – Tulitko varta vasten tätä kokkoa katsomaan.
- Ei, enhän mä sitä, vastasi Unski. Äänessä oli havaittavissa pieni häivähdys äkillistä hätääntymistä. – Satuin vain olemaan kulmilla.
- Niin. Satuitko olemaan täälläpäin myös eilen? kysyi Pöltsi.

Se oli puhdas arvaus ja vihjaus, mutta Unski oli jo koonnut itsensä. Hän ei tuntunut tunnistavan vihjailua siitä, että hänellä olisi mitään tekemistä minkään tulipalon kanssa, eikä antanut asian vaikuttaa itseensä millään lailla.

- En ollut eilen täällä. Olin kavereiden kanssa ulkona.
- Jossakin, minne tulitikut unohtuivat? yritti Pultti vielä.

Unski naurahti.

- Tikut löytyi minulta kotoa. Olin unohtanut ne sinne. Mutta taidan tästä nyt suunnistaa kotiinpäin. Talonmiehen työt on vielä tekemättä. Pitää vielä tänään leikata nurmikoita ja silleen.
- Haittaako jos mennään yhtä matkaa? kysyi Pöltsi, joka arveli yhteisen kävelymatkan olevan sopiva hetki jututtaa Unskia, joka edellisellä kerralla oli ollut kovin vähäsanainen.
- Ei tuo haittaa, sanoi Unski. – Mennään vaan.

Seurue poistui palopaikalta. Vuhvun puoliksi palanut kiinteistö näkyi samalla kadulla pienen matkan päässä.

- Tunnet varmaan hyvin oman talosi asukkaat? aloitti Pöltsi uuden keskustelun.
- Talonmiehenä opin kyllä tuntemaan ihmiset. Sen talon ja muutaman muunkin. Olen parin lähitalonkin talonmies.
- Tuletko kaikkien kanssa juttuun? kysyi Pultti.
- Mä oon taatusti kaikkien kaveri, vakuutti Unski. – Jos joku ei minusta tykkää, niin ei ole minulle siitä kertonut.

- Entä Alfons Nöftä? johdatteli Pöltsi.
- Alfonsin kanssa ollaan kavereita juu. Pakostakin, koska meidän ovet on vastapäätä. Alfons on kelpo kaveri.
- Käytkö koskaan hänen liikkeessään? kysyi Pultti.
- Viimeksi paikkautin hänellä tohveleideni päällisen, joka oli kulunut puhki. Siitä on jo aikaa.
- Mutta et ole käynyt siellä Alfonsin poissa ollessa? täsmensi Pultti.

Unski, tunnollisena itseään pitävä talonmies Urpo Vartiainen, loi tuiman katseen Pulttiin.

- Kuten jo eilen sanoin, minä pidän yleisavaimestani huolta, enkä koskaan käytä sitä laittomasti tunkeutuakseni toisten huoneistoihin. Sillä tavalla olisin hyvin äkkiä entinen talonmies ja asuisin kavereiden nurkissa tai roskalaatikossa. Käytän yleisavainta vain jos pyydetään.
- Pyydetäänkö useinkin? kysyi Pöltsi.
- Joskus joku unohtaa omat avaimensa sisään. Ei usein. Paitsi Kartsa hukkaa avaimensa melkein kerran viikossa. Hänelle teetän niitä aina kymmen kappaletta kerrallaan.
- Asuuko Kartsakin samassa talossa? tiedusteli Pultti. – Ja mikä hän on miehiään?
- Kartsa asuu naapuritalossa. Joutomies, ei älyn lahjoilla varustettu, mutta kiva kaveri. Saa jotain hanttihommia silloin tällöin, mutta ei tee vakituisesti mitään.
- Tapaatteko pihalla joka ilta? kyseli Pöltsi vielä.
- Toiset äijät kokoontuu iltaisin kapakoissa, me kokoonnutaan kesäaikaan pihalla. Ei joka ilta, mutta aika usein.

104

Pöltsi nyökkäsi. Kävelymatka taivallettiin siitä eteenpäin ääneti. Pian saavuttiin Alfons Nöftän liikehuoneiston eteen. Etsiväkaverukset katsoivat näyteikkunaa.

Sidorowin ompelukone ei ollut enää näyteikkunassa.

15. Missä Sidorow luuraa?

- Kai minä saan pitää vanhaa ompelukonettani missä lystään? kivahti Alfon Nöftä etsiväkaveruksille, kun nämä uskaltautuivat sisälle liikkeeseen tiedustelemaan ompelukoneen kohtaloa. – Vein sen illalla kotiin. Se kerää tuossa ikkunassa pölyä ja se täytyy puhdistaa säännöllisesti. Se on mukavampi tehdä kotona kaikessa rauhassa.
- Ja juuri nyt on sellainen aika? kysyi Pultti.
- No niin on, ärähti Alfons Nöftä. – Kieltämättä asiaan vaikutti myös teidän vihjailunne siitä, että se ei ole turvassa täällä. Ajattelin, että olkoon nyt sitten hetken aikaa muualla.
- Asia selvä, sanoi Pöltsi. – Anteeksi häiriö.

Etsiväkaverukset poistuivat Alfons Nöftän liikkeestä. Pihalta kuului ruohonleikkurin pärisevä ääni. Unski oli ryhtynyt työhönsä. Pultti ja pöltsi lähtivät lipumaan katua pitkin eteenpäin. Pöltsi huokaisi.

- Ota tästäkin nyt sitten selvää. Ensin katkaistaan näyteikkunan valvontakameran johto. Sen jälkeen selviää, ettei kamera ollut toiminnassa muutenkaan. Sitten Nöftä siirtää ompelukoneensa kotiinsa.
- No, sanoi Pultti. – Hän joka johdon katkaisi, ei tiennyt, ettei kamerasta ole vaaraa, joten sen teki joku muu kuin Nöftä. Vaatturimestari kuitenkin pelästyi sen verran, että vei koneensa muualle turvaan.

- Tai sitten johdon katkaisu oli hämäystä.
- Minusta se on aika kaukaa haettu päätelmä.
- No hyvä. Päätellään siis, että johdon katkaisi joku muu kuin Nöftä, aikeenaan eliminoida valvontakamera. Keitä mahdollisia katkojia meillä on tiedossamme?
- Meillä on tiedossamme tasan kaksi katkojaehdokasta, vastasi Pultti. – Joko se oli eilen sen punaisen Saabin mustapukuinen Andrei Vochkin, mutta hänellä olisi pitänyt olla avain.
- Tai sitten, jatkoi Pöltsi, - se ainoa henkilö Nöftän lisäksi, jolla tiedämme olevan avain, joka viihtyy palopaikkojen läheisyydessä, ja joka voisi täten jättää nokisia jälkiä.
- Siis vanha kunnon talonmies Unto Vartiainen.
- Mutta hän juuri äsken kielsi kivenkovaan tekevänsä mitään sellaista. Ja perustelukin vaikutti uskottavalta. Hän haluaa säilyttää talonmiehen pestinsä, koska hänellä ei ole muutakaan. Ja toisaalta, mitä hän hyötyisi tästä?
- En yhtäkkiä keksi, että hän hyötyisi millään lailla, myönsi Pultti. – Hän ei pyöri mukana kunnallispolitiikassa, eikä hänkään taida olla älyllä pilattu.
- Ei, hänet on pilattu ihan muilla tavoilla, jatkoi Pöltsi. – Mutta jos oikein muistan, hän sanoi nimenomaan, että hän lainaa yleisavainta vain, jos pyydetään. Entä jos juuri eilen joku pyysi?
- Eli Andrei Vochkin pyysi avaimen, kävi nipsaisemassa piuhan poikki, poistui ja palautti avaimen.
- Niin se olisi voinut käydä, nyökytteli Pöltsi.
- Mutta miksi Unski olisi antanut avaimen Andrei Vochkinille? Ja miksi se oli hänellä mukanaan? Kaikki

kävi niin nopeasti, ettei yleisavaimen hakemiseen riittänyt aikaa.

- Ei siihen aikaa tarvittu, vastasi Pöltsi. – Jos Orvokki Öttiäinen on poliisilaitoksen leivissä, voi Vochkinkin esiintyä poliisina. Hän vain vilautti virkamerkkiä ja nappasi Unskin pihalta mukaansa avaamaan oven.
- Aivan. Tai sitten Unski oli sopivasti ovella noutamassa tulitikkujaan, jotka hän oli unohtanut kotiinsa.
- Jotenkin näin sen on täytynyt tapahtua. Ilmaan jää vain kysymys, työskenteleekö tämä Andrei Vochkin poliisin leivissä, ja miten tämä kaikki sopii poliisin toimenkuvaan.
- Pitäisikö sitä kysyä poliisilta? ehdotti Pultti.

Jutellessaan etsiväkaverukset olivat lähes huomaamattaan saapuneet Mutterin konepajan edustalle. Konepaja oli peltinen pienehkö tehdasrakennus, jossa oli yksi iso ovi tavara-liikennettä varten, ja toinen tavallinen käyntiovi. Ikkunoita ei kadun suuntaan ollut. Tehdasta ympäröi tavarakuljetusten tarpeisiin tarpeeksi suuri piha-alue, joka oli aidattu verkkoaidalla. Piha oli tyhjä lukuun ottamatta suurehkoa kuusikulmaista aitausta, joka näytti odottavan kuljetusta tilaajalleen.

Pihaan johti portti, jota ei ollut nähty tarpeelliseksi sulkea. Avoimesta pääsystä huolimatta etsiväkaverusten mieleen ei tällä kertaa tullut tunkeutua teollisuuslaitoksen piha-alueelle. Kadultakin näki aivan hyvin, mitä pihalla tapahtuisi, ja pihaltakaan ei näkisi, mitä sisällä hallissa tapahtuisi.

Toistaiseksi ei tapahtunut yhtään mitään. Pöltsi katsoi kelloaan. Nokosen ja Tirsan vartiokäyntiin oli aikaa vielä puoli tuntia.

Tehdasta vastapäätä kadun toisella puolella kasvoi villiintynyttä pajukkoa. Etsiväkaverukset päättivät siirtyä pajukon taakse näkösuojaan. Samalla he toivoivat, ettei tämä pajupusikko toimisi yhdenkään joutomiesporukan tapaamispaikkana.

Ei kulunut puoltakaan tuntia, kun vartioliikkeen auton tuttu ja meluisa ääni kantautui paikalle. Auto kääntyi kadulle. Se lipui hitaasti Pultin ja Pöltsin kohdalle, hidasti vauhtiaan hiukan, mutta jatkoi sitten matkaansa pysähtymättä. Etsiväkaverukset katsoivat toisiaan.

- Oliko tuo nyt sitten olevinaan joku vartiointikäynti? ihmetteli Pöltsi.
- Onkohan tuolla Mutterilla aavistustakaan, mistä hän Nokoselle ja Tirsalle maksaa? tuumasi Pultti puolestaan.
- Tuskinpa. Minä nyt olen ainakin kuvitellut, että oikeaan vartiointiin kuuluu, että käydään edes pihassa jaloittelemassa ja tarkistetaan ettei ketään näy, ja että ovet ovat lukossa. Tällä kertaa Nokonen ja Tirsa tyytyivät enintään vain toteamaan, ettei konepajan pihassa näy ket...

Pöltsin lause katkesi kesken. Kuului äänekäs kolahdus. Konepajan ovi kävi, ja ulos tuli henkilö, joka lähti etenemään pihan poikki. Henkilö asteli määrätietoisin askelin suoraan kohti porttia ja samalla kohti etsiväkaveruksia. Sanattoman sopimuksen voimasta etsiväkaverukset maastoutuivat pajukon sisälle ja niin syvälle turpeeseen kuin osasivat. Henkilö saapui portille. Hän pysähtyi sekunniksi, vilkaisi kadulle molempiin suuntiin, ja jatkoi suoraan kadun yli päätyen suoraan saman pajukon toiselle puolelle, jonka takana Pultti ja Pöltsi piileskelivät.

- Kuulkaas pojat! sanoi käskevä ääni pajukon takaa.

Pultti ja Pöltsi päättelivät, että "pojat" tarkoitti heitä, ja että heidät oli siis piiloutumistaitoja halveksien jostakin ihmeen syystä havaittu, ja nostivat päitään muutaman sentin verran.

- Minä sanon tämän teille nyt vain yhden kerran. Älkää pojat sekaantuko tähän asiaan yhtään enempää! Uskokaa minua, se ei ole teille hyväksi.

Pultti ja Pöltsi kohottivat katseensa kohti äänen lähdettä. Heidän edessään seisoi Orvokki Öttiäinen, tällä kertaa ilman poliisivirkailijan virkapukua ja nimikylttiä. Orvokki Öttiäinen ei jäänyt odottamaan etsiväkaverusten vastausta. Hän käännähti kannoiltaan, ja samalla sekunnilla kuului uusi auton ääni. Punainen Saab pysähtyi paikalle ja poimi hänet kyytiinsä.

16. Kuinka Mutteri kiinnitetään ketjuun?

Pöltsi raaputti päätänsä. Pultti hieroi nenänvarttaan. Kesti hetken, kunnes tunnelma pukeutui sanoiksi.

- Häh? ihmetteli Pultti.
- Älä muuta sano, vahvisti Pöltsi.
- Kielsikö poliisi juuri meitä istumasta pajupusikossa? Vain sillä perusteella, että tämä pusikko on sellaisen kiinteistön kohdalla, jota Nokonen ja Tirsa vartioivat?
- Vai kielsikö meitä vain henkilö nimeltä Orvokki Öttiäinen?
- Yhtä kaikki, ei kai ole mitenkään laitonta viettää mukavaa alkuiltaa pajupuskassa yleisellä alueella kadun varrella, riippumatta siitä mitä kadun toisella puolella on?
- Ei tietenkään. Mehän olemme oppineet, että sellaisia illanviettoja harrastetaan Humpulassa laajemminkin.
- Joten kysymys on muusta.
- No niin on, päätti Pöltsi. – Selvästi meitä varoitettiin.
- Niin tehtiin, mutta mistä ja miksi? kummasteli Pultti edelleen.
- Ja miksi ja kuinka kummassa Öttiäinen oli tuolla konepajassa jo ennen kuin Nokonen ja Tirsa tulivat?
- Vastaus voisi olla, että Öttiäinen ei tiennyt Nokosen ja Tirsan aikataulua. Mutta miten he olivat tajunneet piilottaa Saabinsa?
- Vai oliko se piilossa? Ehkä emme vain huomanneet sitä.

- Ja huomasivatko Nokonen ja Tirsa Öttiäisen? Onko hänen läsnäolonsa syynä siihen, että he ajoivat pysähtymättä ohi ja jättivät vartioinnin väliin?
- Ja jos asia on sillä lailla, niin miksi Nokonen ja Tirsa pelkäsivät Öttiäistä? Vartijoidenhan pitäisi puuttua luvattomiin tunkeutumisiin.
- Vai tiesivätkö Nokonen ja Tirsa, että Öttiäisellä olikin lupa olla tuolla?
- Ja miksi me aina keksimme loputtomasti kysymyksiä, mutta emme yhtään vastausta?

Kysymyskeskustelu taukosi tähän toteamukseen. Pöltsi jatkoi hetken kuluttua:

- Nokonen ja Tirsa tekivät oharin, ja Vochkin ja Öttiäinen ovat poistuneet näyttämöltä. Porttikin on auki. Joten...
- Okei, huokaisi Pultti vähän vastahakoisen tuntuisesti. – Kai se homma taas lankeaa meille. Tartutaan toimeen ja tutkitaan asiaa lähemmin.

Etsiväkaverukset katsoivat kadulle molempiin suuntiin. Ketään ei näkynyt. Niinpä he marssivat kadun yli portille yhtä määrätietoisin askelin kuin Öttiäinen oli marssinut siitä ulos. Pöltsi vilkaisi porttia ohi kulkiessaan. Portti oli tavallinen kaksiosainen metallinen saranoitu portti. Kiinni ollessaan portin puoliskot oli tarkoitus lukita toisiinsa riippulukolla. Lukko roikkui korvakkeessaan toisessa portin puoliskossa. Ja lukon sangassa roikkui myös toinen korvake. Pöltsi katsoi irrallisen korvakkeen juuripintaa. Se oli kirkas ja ruosteeton. Se oli siis leikattu irti aivan hiljattain.

- Portti on ollut kiinni ja lukossa, totesi Pöltsi. – Ja se on murrettu auki.
- Minusta tuntuu, että Öttiäinen pelaa kaksilla korteilla, arveli Pultti.
- Siltä tämä vähän haisee. Katsotaan, löydämmekö täältä lisää kortteja, sanoi Pöltsi.

Etsiväkaverukset saapuivat tehdashallin luokse. Tavaraliikennettä varten tarkoitettu ovi oli ilmeisesti lukittu sisäpuolelta, koska ulkopuolella ei näkynyt lukkoa eikä vedintä, josta ovea olisi voinut yrittää avata. Käyntiovessa sen sijaan oli normaali lukko ja ovenkahva. Pultti painoi kahvaa. Ovi oli lukossa.

- Tule, kierretään halli, sanoi Pöltsi. – Ehkä täällä on muitakin ovia.
- Shh, kuuntele, sihisi Pultti. – Kuuletko sisältä ääniä?

Molemmat pysähtyivät kuuntelemaan. Todellakin, sisältä kuului ääntä. Kuului metallinen takova ääni, jonka kalahdus toistui epäsäännöllisin välein. Etsiväkaverukset painoivat korvansa kiinni oveen. Silloin saattoi kuulla myös epätoivoisen miehen äänen:

- Apua! Auttakaa! Onko siellä joku? Aaaapuuuaaa! Päästäkää minut!

Pultti ja Pöltsi hätkähtivät ja hyppäsivät kauemmas.

- Nyt alkaa selvitä, miksi Öttiäinen halusi pelotella meidät pois. Mennään nyt ja etsitään toinenkin ovi. Tai joku muu keino päästä sisään, sanoi Pöltsi.

Etsiväkaverukset kiersivät hallin taakse, mutta muita ovia ei löytynyt. Hallin päädyssä oli ilmanvaihtosäleikkö, mutta se oli korkealla, kiinteästi asennettu, eikä tikkaita ollut. Neuvottomina etsiväkaverukset kiersivät takaisin etupihalle, juuri samaan aikaan kun pihaan kurvasi auto. Hetken aikaa etsiväkaverukset ja auto seisoivat nokitusten. Auton ovet avautuivat ja ulos nousi kaksi henkilöä.

- Te? kysyi Nokonen.
- Me, vastasi Pultti, joka ensiksi toipui säikähdyksestään.
- Me, ja joku muu, täydensi Pöltsi. – Tuolla sisällä on joku pulassa.
- Jaahas, narisi Tirsa auton toisella puolella. – Mistä niin päättelette?
- Ihan vaan sillä perusteella arvellaan, että siellä joku huutaa apua, vastasi Pultti.
- Toimenkuvaamme ei varsinaisesti kuulu ihmisten vapauttaminen vankiloistaan, mutta katsotaan nyt tämän kerran, päätti Nokonen.
- Tulitte siis sittenkin, totesi Pöltsi. – Luulimme jo, että jätitte tämän paikan väliin.
- Emme jätä mitään väliin, vastasi Nokonen. – Käytiin vain sittenkin Aimo Nakki & Medwurstin makkaratehtaalla ensin. Herra Nakki soitti ja arveli jotakin olevan tekeillä.
- Oliko? kysyi Pöltsi.

- Ei ollut, vastasi Nokonen. – Ehkä siellä kannattaa käydä vielä uudestaan.
- Mutta kun nyt ollaan täällä, niin katsotaanpas tämä paikka nyt ensin, lausahti Tirsa.
- Tuota, asiahan ei ehkä meille kuulu, venytteli Pultti. – Mutta miten ajattelitte mennä sisään? Tämä ovi on lukossa, eikä täällä näytä olevan mitään muuta sisäänkäyntiä.
- Ihan vaan yksinkertaisesti avaimilla ajateltiin mennä, vastasi Tirsa ja heilutti isoa avainrengasta kädessään. Metallirengas oli iso, mutta avaimia siinä ei kovin paljon ollut.
- Ai niin, tietysti, mutisi Pultti. – Teillähän on avaimet joka paikkaan.

Etsiväkaverukset seurasivat Nokosta ja Tirsaa ovelle. Tirsa etsi renkaasta sopivan avaimen ja avasi oven. Ovi kolahti tutulla tavalla myös auetessaan. Nelikko astui sisään. Tehdashallin nurkassa näytti olevan jonkinlainen toimistohuone, josta vaikerrus kuului. Kaikki ryntäsivät huoneen ovelle. Huoneen lattialla lojui mies. Hänet oli sidottu kettingillä arkistokaappiin. Mies oli yrittänyt riuhtoa itseään vapaaksi ja hakannut kettingillä metallista arkistokaappia. Sen äänen olivat Pultti ja Pöltsi kuulleet ulkoa.

- No mutta Mutteri, totesi Nokonen. – Mitä te täällä teette?

Mutteriksi tunnistettu henkilö tuijotti paikalle saapunutta väkijoukkoa kuin mökkierakko yllätysvierailijoita.

115

- Mitäkö teen täällä? Mikä oikeuttaa teidät esittämään tuollaisen kysymyksen? Minä omistan tämän paikan!
- Anteeksi kovasti. Voimme poistua välittömästi, jos niin haluat. Eikä kiinteistönne omistussuhteissa liene mitään epäselvyyttä. Tarkoitan lähinnä, mitä teette siinä lattialla? täsmensi Nokonen.

Konepajamestari Mutteri hengitti muutaman kerran syvään ja yritti rauhoittua hiukan, kunnes vastasi:

- Töitä minä yleensä vielä tähän aikaan teen. Mutta nyt käteni ovat vähän sidotut, joten huilaan ja pötköttelen tässä toistaiseksi kaikessa rauhassa. Riittääkö se selitykseksi vai hankinko teille työpsykologin lausunnon?
- Se voisi auttaa asiassa, totesi Nokonen kuivasti.
- Sellainenkin kaino pyyntö minulla olisi, että voisitteko ystävällisesti vapauttaa minut? aneli Mutteri.
- Ah, sekin vielä. Sitä voidaan toki harkita, vastasi Nokonen. – Etenkin huomioiden, että joudumme käyttämään siihen toimeen raakaa voimaa, arvostaisin, jos voisimme hivenen joustaa mainitsemanne ystävällisyyden suhteen. Onko täällä mitään työkalua, millä tuon ketjun saa poikki?

Mutteri nyökkäsi toimistonsa ovea kohti.

- Hallin puolella on voimapihdit. Jos ne eivät riitä, niin on siellä rälläkkäkin.

Pöltsi singahti ilman erillistä käskyä halliin. Seinustalla näytti olevan paikka, jossa työkaluja säilytettiin. Hän valitsi isoimmat katkaisupihdit ja vei ne toimistoon Nokoselle. Nokonen puolestaan laittoi pihdit töihin, ja ketju katkesi napsahtaen. Mutteri hieroi ranteitaan ja kömpi lattialta seisaalleen.

- No niin, sanoi Nokonen. – Kertoisitteko nyt sitten, mitä täällä tapahtui? Lähinnä meitä kiinnostaisivat tapahtumat juuri ennen lokoisaa pötköttelyänne.
- Olin juuri sulkemassa liikettäni, aloitti Mutteri – kun tänne tulla pölähti nainen ja mies. He jättivät turhat esittäytymiset väliin ja kysyivät, olisinko kiinnostunut toisenlaisesta vartiointisopimuksesta. Sanoin, etten ole, ja pyysin heitä poistumaan.
- Mutta he eivät poistuneet?
- Eivät. He myöskään tykänneet vastauksestani, jolloin mies veti tuon ketjun esille.
- He siis kysyivät vain yhden kerran. Te vastasitte kieltävästi. Ja teidät pantiin heti rautoihin. Miten asia sitten eteni? tivasi Nokonen.
- Juu, eivät kysyneet uudestaan. Mies hyökkäsi varoittamatta kimppuuni ja sai minut polvilleen. Otteet tuntuivat siltä, että hän oli tottunut hoitamaan asiaansa polvilleen. Yhdessä he köyttivät, vai pitäisikö sanoa ketjuttivat, minut tuohon kaappiin. Sitten he poistuivat ja jättivät minut tuohon. Sanoivat että "palataan asiaan". Onneksi te tulitte heti perään, mutten olisin ollut tuossa ties kuinka kauan.

117

- Olitteko ennen heidän tuloaan laittanut jo portin kiinni? kysyi Pöltsi.

Mutteri katsoi Pöltsiin näyttäen aprikoivan, täytyykö keskenkasvuisen pojan esittämään kysymykseen vastata.

- Kuulit mitä hän kysyi, sanoi Nokonen. – Se oli täysin asiallinen kysymys.
- Okei okei, sanoi Mutteri. – Minä vaan mietin... no joo... mitäpä siitä... niin kyllä minä pistin portin lukkoon, kuinka niin?
- Sitä vaan, että se on nyt sitten murrettu auki, vastasi Pöltsi. – Ettekä yhtään hämmästynyt sitä, että joku tulee paikalle lukitun portin läpi?
- Vähän minä kieltämättä ihmettelin. Ajattelin että se ei ehkä mennytkään lukkoon.
- Entä oliko hallin ovi jo lukossa? kysyi Pöltsi edelleen.
- Sitä en vielä ehtinyt lukita, vastasi Mutteri nyt jo epäröimättä. – Olin aikeissa sammutella hallin valoja, kun he tulivat.
- Tapahtuiko muuta kuin että he mursivat portin ja ketjuttivat teidät arkistokaappiin? kysyi Nokonen edelleen. – Varastetiinko jotakin, tai tehtiinkö muuta ilkivaltaaa?

Mutteri pudisti päätään.

- Ei muuta. He vain tyrkyttivät sopimustaan. He myös poistuivat niin nopeasti, etten usko heidän ehtineen

118

varastaa mitään. Ymmärtänette, etten ole ehtinyt tarkastaa paikkoja.

- Joo, pötköttely ennen kaikkea, hörähti Nokonen. – Mistä päättelit, että he poistuivat paikalta?
- Kuulin kun ovi avattiin ja sulkeutui, ja sen jälkeen tuli hiljaista.
- Sattumalta tiedämme, että mies poistui ensin ja nainen vähän myöhemmin, kertasi Pöltsi. – Mitä nainen mahtoi jäädä puuhaamaan? Ja ettekö kuulleet oven käyvän uudestaan?
- Saatoin kuullakin jotakin, tuumi Mutteri. – Taisin vain itse metelöidä niin paljon, etten erottanut muita ääniä.
- Tuli mieleen, jatkoi Nokonen. – Mitä se heidän sopimuksensa olisi maksanut?
- Ei ehditty keskustella hinnasta. Mies vain sanoi "On halpa".
- Puhuiko mies mitään muuta? kysyi Pulttikin jotakin kysyäkseen, vaikka arvasi vastauksen.
- Ei puhunut. Nainen hoiti puhumiset ja oli selvästi pomo. Mies teki työt.
- Kertoisitteko vielä, onko teillä mitään kiinnostusta Humpulan mahdollisen eläintarhan tai toimintakeskuksen suhteen? kysyi Pöltsi.

Konepajamestari katsoi Pöltsiin vähän kummissaan, harkitsi sanojaan hetken, ja vastasi:

- Nyt kun kysyt, niin on ollut alustavia keskusteluja, että toimittaisin eläintarhaan kaikki eläinten häkit, aitaukset ja portit. Toimintakeskus ei minua kiinnosta. Miksi kysyt sellaista?

- Kunhan vaan ajattelen. Pelkkää hakuammuntaa umpimähkään, vältteli Pöltsi. – Onko tuo pihassa oleva aitaus sellainen, mitä aikoisitte toimittaa eläintarhaan?
- Se on mallikappale, myönsi Mutteri. – Toivo Doberman tilasi sen. Jos se ei mene eläintarhaan, hän vie sen mökilleen ja laittaa sinne kanoja tai jotakin muita pieneliöitä.
- Miksi kanat tarvitsevat kuusikulmaisen häkin? ihmetteli Pultti vuorostaan.
- Eivät ne tarvitsekaan, vastasi Mutteri. – Se on tavaramerkkini. Jos vain mahdollista, teen kaikista tuotteistani kuusikulmaisia. Mutterin muotoisia siis.

Pultti nyökkäsi. Vastaus oli niin itsestään selvä, että kysymys tuntui nololta. Nokonen rykäisi merkiksi, että hän haluisi seuraavan puheenvuoron.

- Se on selvä, olettehan itsekin mutterin muotoinen. Mutta tilanne on nyt sellainen, että on teidän oma asianne, teettekö tästä rikosilmoituksen poliisille. Me emme vartiointiliikkeen ominaisuudessa voi sellaista teidän puolestanne tehdä. Mutta ehkä on tarpeen, että käymme täällä nyt usein.
- Vaikka joka päivä, nyökkäsi Mutteri. – Mutta jospa minä nyt tästä pyrkisin kotioppäin…
- Parempi tosiaan että lähdette, sanoi Nokonen. – Ettei vaan sattuisi mitään pahempaa.

Mutteri sammutti valon toimistokopista. Viisikko hapuili ovelle. Mutteri avasi sen ja päästi päivänvalon tulvahtamaan sisälle.

Samalla kun Mutteri astui ovesta pihalle, kuului kadulta kiivas auton kiihdytys. Miesten olkapäiden yli Pöltsi ehti näkemään, että paikalta pois kiihdyttänyt auto oli punainen Saab.

17. Nakki ja peuramakkara

Pultti ja Pöltsi katsoivat punaisen Saabin perään.

- He olisivat näköjään palanneet asiaan heti saman tien, totesi Pöltsi.
- Luulivat pelotelleensa meidät pois, ja olettivat, ettei paikalla olisi muita kuin sidottu ja toisiin ajatuksiin tullut konepajamestari Mutteri, päätteli Pultti.
- Siltä vaikuttaa, myönsi Nokonenkin.
- Kertokaapa meille, sanoi Pöltsi. – Nämä hankkeet alkavat kiinnostaa. Eläintarha on meille selvä. Doberman haluaa sitä, ja moni muu vastustaa. Mutta mitä se toimintakeskus pitäisi sisällään?
- Toimintakeskus, aloitti Nokonen – tarkoittaisi sitä, että ränsistyneen kaupunginosan huonoimmat talot purettaisiin ja niistä tonteista tehtäisiin teemapuistoja, joissa olisi lasten leikkijuttuja, kuntoiluvälineitä, ulkopelikenttiä, ja sen sellaista.
- Entä hyväkuntoiset talot? kysyi Pultti.
- Paremmat talot kunnostettaisiin, ja niihin tulisi erilaisia harrastetiloja. Nikkarointipaja, ompelukerho, harjoitustiloja muusikoille, lukusali, keskustelutiloja, kaikkea sellaista. Vähän jokaiselle jotakin. Kaupunki vuokraisi näitä tiloja erilaisille yhdistyksille omakustannushintaan.
- Kuka näistä tiloista sitten huolehtisi? kysyi Pöltsi edelleen.
- Jonkunhan pitää katsoa, että paikat pysyvät siistissä kunnossa.

Nokonen joutui taas hetken miettimään, kunnes katsoi Pöltsiin.

- Sitä ei kai ole päätetty. Mutta sinä olet kuulepas poika oikeassa. Nämä asiat liittyvät jotenkin toisiinsa. Mutteri on kyllä lupautunut nikkarointipajan vetäjäksi, mutta se ei olisi hänelle mikään bisnes. Sen sijaan eläintarhan urakka olisi hänelle sievoinen tulonlähde.
- Entä Alfons Nöftä? kysyi Pultti.
- Alfons Nöftä puolestaan on ottanut huolehdittavakseen ompelukerhon. Hän taitaa jopa suunnitella sivuliikettä sen yhteyteen ja havittelee sitä kautta lisää asiakkaita. Muut tilat taitavat toistaiseksi olla kirjastoväen hoidettavana, ja ulkotilat taas hoitaisi Humpulan Puutarhurit.
- Sehän on selvää, että kun näin pienessä kaupungissa jokin hanke alkaa edistyä, kaikki paikalliset yrittäjät haluavat jotenkin hyötyä siitä, täydensi Tirsa.
- Entä sitten Aimo Nakki & Medwurst? kysyi Pultti.
- Sehän on selvä nakki, eikös vaan? totesi Nokonen. – He ovat juuri kehittäneet elukoiden grillimakkaran, jota he saisivat myytyä eläintarhaan sekä elukoille että ihmisille. Se olisi yksi eläintarhan vetonaula. Sinne perustetaan Aimo Nakin "Nakkipaja", jossa vierailijat voivat samaistua eläinten ruokavalioon. Makkaraa ja rehuja siis sekä eläimille että ihmisille. Tiedossa olisi valtava menekki.
- Selvähän se, myönsi Pultti. – Nämä vahingonteot tuntuvat kohdistuvan etupäässä eläintarhan kannattajiin. Mutta Alfons Nöftä on poikkeus. Miten se on selitettävissä?

Kysymys sai koko joukon hiljaiseksi.

- Emme tiedä, vastasi Nokonen lopulta. – Nöftän suhteen asia ei tunnu loogiselta.
- Mutta Aimo Nakista puheen ollen, muutti Pöltsi puheenaihetta. – Oletteko menossa sinne nyt heti uudestaan?
- Voidaan koukata sen kautta, myöntyi Nokonen, - mutta käydään siellä vielä myöhemmin illalla uudestaan. Se tuntuu nyt yhtäkkiä tärkeältä paikalta, kiitos teidän päättelynne. Haluatteko kyydin sinne?

Etsiväkaverukset katsoivat toisiinsa kysyvästi. Pultti pudisti päätään.

- Meidän on parempi mennä sinne eri aikaan kuin te, vastasi Pöltsi. - Se ei ole kaukana. Voimme ihan hyvin kävellä.
- Hyvä on, vastasi Nokonen. – Kunhan kysyin.

Nokonen ja Tirsa harppasivat sisään autoonsa ja käynnistivät sen tutuin rituaalein. Pultti ja Pöltsi jäivät Mutterin konepajan pihaan nieleskelemään pakokaasua ja pölyä.

- Se Saab ampaisi keskustan suuntaan eikä makkarapajalle, aloitti Pultti, - mutta mennäänkö me silti heti suoraan nakkitehtaalle?
- Mennään, päätti Pöltsi. – Ei sitä koskaan tiedä. He saattavat tulla takaisin heti Nokosen ja Tirsan haihduttua.

Hitaastikaan kävellen matka Aimo Nakin & Medwurstin makkaratehtaalle ei kestänyt kuin puoli tuntia. Paikan päällä näytti siltä, että sana "tehdas" oli tälle tuotantolaitokselle kovasti liioitteleva ilmaisu. Sopivampi olisi ollut "nakkipaja". Kyseessä oli omakotitalo, ja makkaratehdas näytti toimivan omakotitalon ulkorakennuksessa, joka oli vain vähän tavallista autotallirakennusta isompi. Ovi oli raollaan, ja sen päällä oli kyltti "Aimo Nakki & Medwurst". Pihassa seisoi kaksi pakettiautoa. Toisessa pakettiautossa oli sama makkaratehtaan nimi. Toisen auton kyljessä taas oli teksti "Kylmälaitehuolto Helle". Pakettiauton sivuovi oli auki. Etsiväkaverukset jäivät katsomaan jälkimmäistä autoa.

- Jotakin on tekeillä, totesi Pöltsi.
- Mennään sisään ja otetaan selvää, sanoi Pultti.

Makkaratehtaan sisältä kuului puhetta. Pultti raotti ovea vähän lisää, ja etsiväkaverukset pujahtivat sisäpuolelle. Helpottuneelta kuulostava miesääni kuului sanovan:

- Oli hyvä, että ehditte tänne näin pian. Ei olisi tarvittu kuin tunti lisää, niin iso satsi peuramakkaraa olisi joutunut kaatopaikalle.
- Noooo, oli sopivasti aikaa. Onneksi vika ei ollut pahempi. Uusia jäähdytysvastuksia on aina varastossa, kuului toinen ääni.
- Mikä piru senkin nyt sitten hajotti, taivasteli ensimmäinen.
- Joskus ne vaan palaa omia aikojaan.
- Voi olla. Tuntuu vaan omituiselta yhteensattumalta että…

Etsiväkaverukset olivat hiipineet äänten suuntaan. He saivat juuri keskustelevat miehet näkyviinsä, kun Pultin jalka osui lattialla lojuneeseen muovikassiin, josta syntynyt rapina herätti miesten huomion ja katkaisi keskustelun. Pienen hetken etsiväkaverukset ja miehet tuijottivat toisiaan.

- Jatkakaa vain, kehotti Pultti tuntien aiheuttaneensa keskeytyksen. – Teillä oli kiinnostava keskustelu meneillään. Kuuntelisimme mielellämme.
- Te? kysyi mies, joka kaikesta päätellen oli tehtaan omistaja ja johtaja Aimo Nakki.

Hän oli luultavasti molemmista päistään, mutta havaittavasti ainakin yläpäästään kalju ja karvaton, sopivasti kaarevaksi muotoutunut, luonnonsuolta muistuttavaan esiliinaan pukeutunut, ja muistutti muutenkin itsekin nakkimakkaraa.

Kysymys oli tässä kohtaa esitettynä hieman yllättävä, ja sai etsiväkaverukset sanattomiksi.

- Me, kyllä, myönsi Pöltsi lopuksi. – Mutta miten…
- Siis etsiväkaverukset, otaksun, täydensi Aimo Nakki.
- No kyllä, mutta…
- Nokonen ja Tirsa kävivät täällä juuri ja kertoivat että olette tulossa.
- Ai, niinpä tietenkin, huokasi Pultti. – Oltiinpa sitä taas tyhmiä, kun ei tajuttu.
- Ei haittaa. Minä olen Aimo Nakki, esittäytyi Aimo Nakki.
- Helle, sanoi huoltomies, joka tunsi myös olevansa velvollinen esittelemään itsensä.
- Me siis olemme tosiaankin Pultti ja Pöltsi, sanoi Pöltsi.

126

- Nyt kun kaikki tiedämme, keitä olemme, voisitteko jatkaa? aneli Pultti. – Olitte sanomassa, että jokin oli omituinen yhteensattuma.
- No niin oli, rykäisi Aimo Nakki. – Täällä kävi juuri kilpailevan vartiointiliikkeen edustajat, jotka tyrkyttivät edullista vartiointisopimustaan. Vuosi ilmaiseksi, ja senkin jälkeen kohtuulliset hinnat.
- Mitä vastasitte heille? kysyi Pöltsi.
- Lupasin harkita.
- Kelpasiko se heille?
- En oikein tiedä. Hoputtivat harkitsemaan nopeasti. Sanoivat, että koskaan ei tiedä, mitä saattaa tapahtua, ja että makkaratehtaan kylmälaitteet vaativat tehokasta vartiointia. Heti heidän lähdettyään huomasin, että kylmiön lämpötila oli noussut. Jäähdytyskompressori oli pysähtynyt juuri, kun kylmiö oli ladattu täyteen makkaraa. Se tuntuu jotenkin oudolta yhteensattumalta.
- Olitteko itse koko ajan täällä tehtaalla? kysyi Pultti.
- Asun tässä samassa kiinteistössä, selitti Aimo Nakki. – Menin pari tuntia sitten tuonne asuntooni, kun olin saanut makkarat kylmään. Olin siellä, kun ne tulivat.
- Oliko tehtaan ovi auki koko ajan? kysyi Pöltsi vuorostaan.
- Ei se ollut lukossa, vastasi Aimo Nakki.
- No mitä sanoo huoltomies? kyseli Pultti edelleen. – Onko mahdollista, että joku kävi rikkomassa vastuksen?
- Niin. Juu. Tuota... Kyllä sen tahallaankin rikkomaan pystyy, jos tietää mitä tekee, selvitti huoltomies Helle. – Mutta en huomannut mitään ilkiteon jälkiä. Tai siis, en erityisesti hoksannut katsoakaan.

- Joten oliko se sittenkään yhteensattumaa, päätteli Pöltsi.
- Ensin Vorovex vierailee Rasva-Repellä, ja häneltä hajoaa rasvakeittimen vastus. Sen jälkeen myyntikäynti täällä, ja täällä hajoaa kylmiön vastus, summasi Pultti. – Uskokoon yhteensattumiin ken haluaa.

Aimo Nakki huokaisi. Huoltomies Helle oli sitä mieltä, että hän oli työnsä tehnyt, ja halusi lähteä. Etsiväkaverukset olivat myös sitä mieltä, että enempää ei ollut tällä kertaa tehtävissä.

- Pitäisikö minun sitten tehdä Vorovexin kanssa sopimus, voihki Aimo Nakki.
- Se on teidän päätettävissänne. Mutta muistakaa, että heidän toimissaan on jotakin hämärää, varoitti Pultti.
- Minä luottaisin Nokoseen ja Tirsaan, ehdotti Pöltsi. – Mutta teidän asiannehan se on. Näyttää kuitenkin siltä, että tilanne on nyt pelastettu, ja tuskin he ihan heti tulevat uudestaan.
- Huomenna, totesi Aimo Nakki.
- Huomenna mitä? kysyi Pultti.
- Huomenna he lupasivat palata.
- Mihin aikaan? kysyi Pöltsi.
- Eivät tietenkään sanoneet.
- Harmi. Tehkää viisaita päätöksiä, sanoi Pöltsi. – Lähdetään.
- Maistuisiko teille yksi kylmäsavustettu peuramakkara mieheen kotimatkaevääksi? Minulla on niitä tuossa muutama.
- Totta kai maistuu, sanoi Pultti, ja Pöltsi aisti, kuinka vesi herahti Pultin kielelle kuin vesiputous nurinpäin.

Aimo Nakki otti kaksi arkkia voipaperia, taitteli ne käteen sopiviksi, ja pyydysti kumpaankin paperiin yhden makkaran. Pultti katsoi toimenpidettä ihaillen ja yritti olla näyttämättä liian ahneelta. Pöltsi puolestaan mietti, mistä Aimo Nakki saa makkaroihinsa tarvitsemansa peuranlihan, mutta päätti, ettei se asia kuulunut hänelle.

- Tämä on aivan uusi tapa valmistaa makkaraa, kehui Aimo Nakki makkaroita ojentaessaan. – Tätä ei kukaan iso tehdas tee, koska kylmäsavustus vaatii paljon aikaa. Ja paljon aikaa tarkoittaa myös paljon tilaa. Mutta tällaisessa pienessä mittakaavassa se onnistuu, ja se on minun valttini, jota kukaan muu ei tule kopioimaan. Ja näitä muuten saa ihan kohta Rasva-Repen grilliltäkin.

Aimo Nakki iski silmää erityisesti Pultille.

- Pannaan korvan taakse, sanoi Pöltsi.

Etsiväkaverukset lähtivät tallustelemaan kotiinpäin makkaroitaan mutustellen.

- Villin riistaisa jälkimaku, totesi Pultti ihastellen ja katsoi makkaraansa kuin metsätöllin äijä lottovoittoa.

Kotimatkalla Pultti ja Pöltsi sivuuttivat jälleen Mutterin konepajan. Sen ympäristö näytti rauhalliselta. Mutteri oli poistunut paikalta, eikä ristin sielua näkynyt. Yhtään savupatsasta ei noussut Humpulan iltataivaalle. Alfons Nöftän pihasta ei kuulunut enää ruohonleikkurin pörinää. Talonmies Unski oli saanut pihahommansa tehdyksi. Piha oli rauhaisan ehtootunnelman vallassa. Siellä ei näkynyt ketään, eikä sieltä myöskään kuulunut puhetta. Mahdollisen pihapensas-iltatilaisuuden ajankohta oli jo sivuutettu, ja Unski, Kartsa, Nella-neiti ja kumppanit olivat ryömineet koloihinsa.

Silti, näkymättömän voiman pysäyttäminä, Pultti ja Pöltsi seisahtuivat Alfons Nöftän ikkunan eteen. Liikehuoneiston valot oli sammutettu. Sielläkään ei ollut enää ketään, Alfons Nöftänkin työpäivä oli jo ajat sitten päättynyt. Sen sijaan ilmapallopukumies oli saanut ikkunaan seuraa. Sidorowin ompelukone oli jälleen omalla paikallaan ikkunalla.

- Pölyt on näköjään pyyhitty, totesi Pöltsi.
- Pölyt voi olla pyyhitty, mutta ei tämä käy järkeen, sanoi Pultti. – Miksi ompelukone on tuotu tänne takaisin, kun Nöftä nimenomaan sanoi halunneensa viedä sen kotiinsa turvaan?
- Onko Vorovex käynyt hänen kotonaan? arveli Pöltsi.

Etsiväkaverukset kuulivat, kuinka heidän taakseen ilmaantui askeleet. Ne lähestyivät rivakasti ja pysähtyivät ikkunan kohdalle etsiväkaverusten taakse.

- Näettekö? Siinä se nyt on! huudahti katkeralta kuulostava ääni.

Etsiväkaverukset tunnistivat äänen. Toivo Doberman oli saapunut paikalle.

- En olisi uskonut, mutta tuo vanha kankaansaksija toteutti sittenkin uhkauksensa, Doberman jatkoi.

130

- Saanko kysyä, mistä uhkauksesta on kysymys? kysyi Pöltsi.
- En viitsinyt sanoa tätä ääneen poliisille, jatkoi Doberman.
- Tuo röyhkeä ponttoonimahainen omahyväinen keinottelija haukkui kaikkien kuullen viime kaupunginvaltuuston kokouksessa pingviinien viisumipapereita naurettavaksi pilailuksi, ja sanoi laittavansa ne liikkeensä ikkunaan kaikkien pilkattavaksi. Siinä ne nyt on! Näettekö? Tietenkin näette, kun siinä ensimmäisten joukossa seisotte!

Toivo Doberman kihisi kiukusta niin, että räjähdyspisteeseen kuumennettu painekattilakin olisi jäänyt toiseksi. Etsiväkaverukset aistivat tulivuorenpurkauksen olevan lähellä, eivätkä uskaltaneet kysellä enempää. Herra Doberman päästi omasta varoventtiilistään ilmoille höyryveturilta kuulostavan puhahduksen, käännähti kannoillaan, ja jatkoi ripeää kävelylenkkiään kiukun ryhdittämin askelin. Etsiväkaverukset kääntyivät uudelleen katsomaan näyteikkunaa. Siinä oli edelleenkin ilmapallopukumies ja puhdistettu kiiltävä antiikkinen ompelukone. Ei mitään muuta. Edes valvontakamera ei ollut näkyvissä ulkopuolelta.

- En tiedä, sanoi Pöltsi, - miten kummassa Doberman näkee paperinsa tuossa ikkunassa.
- En ymmärrä minäkään, sanoi Pultti, - mutta se minun on myönnettävä, että tässä peuramakkarassa on muikean rötväkkä jälkipotku!

18. Sidorowin salaisuus

Etsiväkaverukset tuijottivat ompelukonetta hyvän tovin. Heidän katseensa vuoroin harhailivat umpimähkään, ja vuoroin ne kävivät järjestelmällisesti läpi antiikkisen esineen kaikkia yksityiskohtia. Vastoin Toivo Dobermanin ennustusta, ketään pilkantekijöitä ei liittynyt heidän seuraansa. Kummallekin oli tuttu vanha ajanvietetehtävä "etsi viisi virhettä", ja tämä tuntui samanlaiselta haasteelta. Eroina olivat, että nyt piti löytää vain yksi erilaisuus, ja ettei alkuperäinen vertailukohta ollut enää nähtävissä. Se teki vertailusta paljon vaikeampaa. Vähitellen vaiherikkaan päivän toimet ja peuramakkaran vaikutus alkoivat painaa. Keskittyminen tehtävään alkoi herpaantua. Ajatus ei tahtonut millään pysyä koossa.

- Mennään kotiin, ehdotti Pultti kyllästyneenä tuloksettomaan tuijotukseen. – Tullaan aamulla uudestaan ja otetaan asiasta selvää.
- Voit mennä, jos haluat, mutta minä en luota siihen, että ompelukone on huomenna aamulla tuossa, vastasi Pöltsi. – Enkä luota siihenkään, että Alfons Nöftältä saisimme mitään vastauksia.
- Älä sitten, sanoi Pultti, - mutta minun aivoni kieltäytyivät jo toimimasta. Ei minusta ole tässä enää mitään hyötyä.
- No sitten sinun on paras levätä. Minä yritän vielä hetken. Nähdään huomenna, kuittasi Pöltsi.

Pöltsi jäi Pultin lähdettyä vielä katsomaan näyteikkunaa. Ehkä salaisuus ei sittenkään ollut ompelukoneessa. Ehkä Alfons Nöftä oli piilottanut paperit johonkin, johon vain Toivo Doberman osaisi kiinnittää huomionsa. Mutta ei. Ikkunassa ei ollut muuta. Alataso oli puhdas ja paljas. Ikkunan sivustoille ei ollut kiinnitetty mitään. Eikä ikkunan yläpuolelle. Vain valkoiseksi maalattu kivipinta. Ilmapallopukumies olisi ollut hauskan näköinen, jos se olisi valjastettu heiluttamaan paperinippuja sormettomissa käsissään, mutta ilman jonkinlaista lisätukirankaa se olisi taatusti luhistunut paperinipun painosta. Salaisuuden täytyi piileksiä ompelukoneessa.

Pöltsi tutkaili konetta sentti sentiltä ylhäältä alas. Lupuksi, kun hän kyyristyi katsomaan ompelukonetta alaviistosta, hän huomasi etsimänsä.

- Tuossa sen täytyy olla, ei ole muuta mahdollisuutta, hän ajatteli.

Pöltsi aikoi jo lähteä hyvillä mielin kotiinpäin, mutta tuli vielä toisiin ajatuksiin. Kuten hän itse juuri Pultille totesi, mikään ei takaa, että se mitä hän näki nyt, olisi tuossa vielä huomenna. Niinpä hän antoi askeltensa viedä hänet pihalle ja sieltä porraskäytävään. Kymmenen sekuntia myöhemmin hänen sormensa painoi talonmies Unto Vartiaisen ovikelloa.

Unski oli kotonaan ja hereillä. Ei kestänyt kauan, kun ovi avautui hieman, ja takkuinen pää ilmestyi oviaukkoon.

133

- Te?

Unski sulki ja avasi silmänsä, katsoi tarkemmin ja käänteli päätään. Se tuntui vaativan häneltä keskittymistä ja ylimääräistä tarkkaavaisuutta.

- Sinä? hän täsmensi, kun hänen näköpiirinsä ei tavoittanut Pulttia.
- Jep, sanoi Pöltsi. – Minulla olisi vähän kysyttävää.
- Tiedän. Minä odotinkin jo, sanoi Unski ja irrotti otteensa ovesta.

Pöltsi astui sisäpuolelle. Asunto ei nytkään ollut siisteydeltään esittelykunnossa, joten Pöltsi jäi oven eteen seisomaan.

- Arvaan mitä ajat takaa, mutta leikitään tämä arvausleikki nyt ensin, sanoi Unski ja rojahti kuluneeseen nojatuoliinsa. – Mitä halusit kysyä?
- Aloitetaan nyt vaikka kysymyksellä, että puhdistaako Alfons Nöftä ompelukoneensa aina itse?
- Ei, vastasi Unski. – Pelkkää hämäystä koko asia. Ei sitä normaalisti puhdisteta koskaan. Varmaankin Alfons huiskuttaa silloin tällöin pölyt siitä ohimennen, mutta ei sitä minun tietääkseni ole koskaan viety minnekään puhdistettavaksi.
- Pyytääkö Nöftä sinulta koskaan mitään palveluksia? jatkoi Pöltsi.
- Menneisyydessä hyvin harvoin. Mutta nyt kaikki on muuttunut.
- Kuten tänään?

- Kyllä.
- Eli ompelukone ei ollut Nöftällä hänen kotonaan?
- Ei tosiaankaan. Se oli täällä minun asunnossani.
- Mitä teit sille?
- Sain käskyn laittaa se kiiltävään kuntoon, kuten Alfons sanoi.
- Eikö mitään enempää?
- Sain käskyn myös vähän tuunata sitä.
- Sait käskyn piilottaa siihen Dobermanin paperit?

Talonmies Unto Vartiainen onnistui päästämään epämääräisen röhähdyksen, joka syntyi, kun hän yritti naurahtaa ja huokaista samaan aikaan.

- Oletko jutellut Toivo Dobermanin kanssa tänään? kysyi Unski puolestaan.
- Olen, vastasi Pöltsi. – Tiedän mistä on kysymys.
- Se mitä luulet Sidorowissa olevan, ei ole siellä. En ole siinä asemassa, että olisin joku pirun Nöftän sätkynukke. Nöftä luulee jotakin muuta, mutta ompelukoneen työtason alle on kätketty vain vanha Humpulan Sanomien numero. Se lehti, jossa ensimmäisen kerran kerrottiin suunnitteilla olevasta eläintarhasta.
- Eli ovatko Dobermanin tärkeät paperit muualla? kysyi Pöltsi.
- Minä en halua sekaantua Nöftän ja Dobermanin riitelyyn yhtään enempää, vastasi Unski. – Minä haluan vain hoitaa talonmiehen hommani ja pitää tämän kämppäni, en mitään muuta.

Talonmies Unto Vartiainen kampesi itsensä ylös nojatuolista, otti sivupöydältään paksun kirjekuoren, ja ojensi sen Pöltsille.

- Vie se vaikka poliisille.

Kirjekuoren päälle oli kirjoitettu "Pingviinit, Steve McAdeline". Pöltsi raotti kirjekuorta ja katsoi sisään. Sisällä oli nippu eri viranomaisten myöntämiä virallisen näköisiä papereita. Pöltsi ei ryhtynyt lukemaan niitä tarkemmin läpi.

- Ja vielä, jatkoi Unski. – Kerron tämän tässä ja nyt, ja vain sinulle. Tuo naapurin ketku Nöyhtä uhkaili minua. Hän käski minun hankkia nuo paperit, muussa tapauksessa hän uhkasi hommata minulle potkut työstäni, jolloin lentäisin myös tästä asunnosta kadulle. Minun oli pakko käydä pöhnimässä ne Dobermanilta. Se oli minulle helppoa. Tiedettiin, että Doberman oli lomalla, ja lukko oli helppo avata "yleisavaimella". Tuo kirjekuori oli hänen kirjoituspöydällään.
- Eikö Nöftä jättänyt sinua rauhaan, vaikka sai mitä halusi?
- Ei. Nämä paperit eivät riittäneet Alfonsille. Hän huusi minulle, ettei tässä ole kaikki, ja käski hakemaan loputkin luvat ja selvitykset. Koska en löytänyt papereita Dobermanin kotoa, menin takaoven kautta hänen liikkeeseensä. En löytänyt sieltäkään mitään, mutta tajusin, että naapuri näki minut, ja että liikkeeseen jäi sormenjälkiäni.
- Joten palasit takaisin?
- Alfons haukkui minut taas ja karjui, että kaikki jäljet oli hävitettävä. Minulta paloi silloin pinna totaalisesti. Otin

136

ruohonleikkurin bensakanisterin mukaani, kastelin ison rätin bensalla, tuikkasin tuleen ja heitin sen liikkeen takaovesta sisään. Vannon, etten tiennyt, että siellä oli joku sisällä.

- Poliisi oli kuitenkin mennyt tutkimaan paikkoja naapurin ilmoituksesta.
- Harmi juttu. Minua alkoi vaan niin alyttömästi vituttaa Alfonsin käskytys. Sen takia lähdin päivälläkin kävelylle. Piti päästä hetkeksi jonnekin muualle. Ei väliä minne. Kävellessäni näin savua. Pelästyin, jos joku polttaa jotakin enemmänkin ja kävelin katsomaan. Silloin osuttiin yhteen sen palavan roskakasan luona.

Pöltsi jäi miettimään kuulemaansa ja nyökkäsi. Hän ryhdisti asentoaan merkiksi, että oli aikeissa poistua talonmiehen asunnosta.

- Ja muista tämä, varoitti Unski vielä. – Vain sinä ja minä tiedämme nämä asiat, ja jos poliisi kolkuttaa ovelleni aamulla, olen yöllä unohtanut tämän kaiken.
- Ymmärrän, sanoi Pöltsi. – Sen voin sanoa, että Pultin kanssa keskustelen tästä huomenna, mutta yösi saat nukkua ilman pelkoa, että kukaan viranomainen tulisi herättelemään.

Unski sulki silmänsä, kaatui uudelleen nojatuoliinsa, avasi silmänsä uudelleen ja nyökkäsi Pöltsille tavalla, joka kertoi paitsi sen, että palaveri oli päättynyt, myös sen, että kahdenkeskinen luottamus oli saavutettu.

- Ja unohda myös mitä sanoin sinulle ja kaverillesi nykynuorisosta, sanoi Unski. – En tarkoittanut sitä oikeasti.
- Tiedän, vastasi Pöltsi.

Pöltsi astui ovesta ja lähti kotiinpäin kirjekuori kainalossaan miettien, mitä he Pultin kanssa sille huomenna tekisivät.

19. Kotimatkaan tulee mutka

Pultti tunsi, että hänenkin velvollisuutensa olisi jäädä selvittämään näyteikkunassa poseeraavan Sidorowin salaisuutta. Tai edes yrittää sitä Pöltsin kanssa. Mutta hän tunsi itsensä yhtäkkiä väsyneeksi, ja tuntui ettei kumpikaan hänen aivopuoliskoistaan kyennyt järkevään ajatustyöhön. Hän olisi vähintäänkin tarvinnut toisenkin peuramakkaran. Hän jätti Pöltsin vastahakoisesti, mutta lähti kuitenkin tallustamaan kotiaan kohti.

Rauhallinen kävely ei tuntunut niin väsyttävältä kuin näyteikkunan tarkkailu. Pultti käveli verkalleen, ja päätti koukata vielä keskustan kautta. Rasva-Repellä olisi luultavasti vielä grillinsä auki, iltamyyntihän on kadunvarsigrilleille lounasajan ohella toinen sesonkihetki vuorokaudessa. Aimo Nakki sanoi, että siellä olisi peuramakkaraa myynnissä ihan kohta, ehkä sitä olisi saatavissa jo nyt. Siitä asiasta pitäisi joka tapauksessa ottaa pikaisesti selvää, eikä siihen tutkimukseen tarvittu Pöltsiä.

Vierailu grillillä oli lyhyt. Rasva-Repe odotti Aimo Nakin herkkuja saapuvan, mutta peuramakkara ei ollut löytänyt vielä tietään valikoimiin. Korvikkeeksi Pultti osti maukkaan kaikilla mausteilla varustetun nakkisämpylän, jota tuunattiin sen verran, että nakki korvattiin muhevalla uunimakkaralla ja sämpylä skaalattiin vastaavasti ranskanleivän kokoiseksi. Sen väliin mahtui sopiva määrä lisukkeitakin.

Pultti jatkoi matkaansa uunimakkarajumbosämpylän siirtyessä hiljalleen parempaan talteen. Samalla hän kävi mielessään läpi päivän tapahtumia. Tapauksen kaksijakoisuudesta ei ollut epäselvyyttä. Oli Vuhvun tuhopoltto ja se liittyi eripuraan kaupungin kahden kilpailevan hankkeen välillä. Sitten oli tämä vartioitavien liikkeiden kiusanteko. Sitä oli vaikeampi ymmärtää. Mitä sillä tavoiteltiin? Kuka sen takana todellisuudessa oli? Orvokki Öttiäinenkö? Ja jos asia oli niin, onko Orvokki Öttiäinen oikeasti poliisi? Jos ei ole, miten hän oli päätynyt poliisitalon aulaan tiskin taakse? Jos on, miten hän voi sallia kaikki nuo vahingonteot, ja olla jopa osallisena niissä?

Välillä Pultti vilkaisi ympärilleen varmistuakseen, että hän oli edelleen matkalla oikeaan suuntaan, etteivät lokit tai muut tuhoeläimet väijyneet hänen ateriaansa, ja ettei hän epähuomiossa harhautuisi ajotielle ja jäisi auton alle. Sämpylän kohtalona oli pian joutua grillin paperikääröstä Pultin elimistön hyötykäyttöön. Syömättä jäivät paperikääre ja servetin virkaa toimittanut talouspaperiarkki. Pultti katsahti ympärilleen, näkyikö niille lähietäisyydellä roskakoria. Sellaista ei näkynyt, mutta yhtäkkiä hänen jalkansa pysäyttivät hänet muusta syystä. Hänen oli seisahtunut rakennuksen vierelle, jonka seinässä kyltti, joka julisti rakennuksessa majaa pitävän yrityksen nimeä: Tili- ja laskentatoimi Summa & Mutikka. Lisänä oli mainoslause: "Hoidamme rahojanne kuin omiamme". Tilitoimisto näytti sijaitsevan rakennuksen pihan puolella. Pultti vilkaisi pihalle nähdäkseen pihapiirin tarkemmin. Silloin hän pani merkille myös, että rakennuksen pihassa seisoi punainen Saab-henkilöauto.

- No niin tietenkin, hän tuumi itsekseen. – Täällähän tuo auto tietenkin asuu.

Pultti katsoi ympärilleen tavalla, jolla yleensä rehellinen ihminen pälyilee tunkeutuessaan luvattomalle alueelle. Toisaalta hän ei itsekään ymmärtänyt miksi. Hän ei aikonut syyllistyä laittomuuksiin. Eihän ole laitonta mennä tilitoimiston pihamaalle, koska kyseessä on julkisen liikekiinteistön alue. Silti tunne oli sama kuin hiipisi omenavarkaisiin. Pultti hivuttautui pihalle. Edellisestä primitiivireaktiostaan nolostuneena Pultti yritti pihalla vilkuilla ympärilleen kääntämättä päätään. Se oli vaikea operaatio, joka rajoitti näkökentän edessä näkyvään sektoriin. Tässäkään näkökentässä ei näkynyt liikettä. Pultti lähestyi hitaasti tilitoimiston ikkunaa. Sisällä ei näkynyt mitään erityistä. Toimisto vaikutti tyhjältä. Päästyään aivan ikkunan äärelle Pultti päätti yrittää nähdä, mitä toimistossa olisi sisällä. Hän hiipi kumarassa ikkunan alle, nousi hitaasti seisomaan, ja työnsi nenänsä viiden sentin päähän lasista.

Sisällä nousi samaan aikaan esiin miehen pää. Mies irvisti Pultille kuin pääpirun teloitusosaston toimeenpaneva päällikkö. Pultti jähmettyi kauhusta, eikä ehtinyt reagoida mitenkään, kun mies ponnahti tuoliltaan ja ryntäsi toimiston ovelle.

Jokin kolahti Pultin päässä. Seuraavaksi hän huomasi päässeensä peuramakkaroiden taivaaseen.

20. Tilitoimiston liiketoimet

Tili- ja laskentatoimi Summa & Mutikan toimistossa oli rauhallista. Kirjanpitäjä tutki työpöytänsä ääressä papereitaan. Hän oli yleensä korrekti, edustava ja asiallisen viileä, ainakin asiakkaidensa nähden, mutta nyt hänen suupieleensä pyrki pieni häivähdys hymyä, jonka ulkopuolinen tarkkailija olisi luokitellut ivalliseksi ilmeeksi. Kuten yleisesti tiedettiin, hänelle oli vuosien myötä siunaantunut asiakaskunnakseen lähes koko Humpulan kaupungin yrittäjäkaarti. Harvassa olivat ne firmat, jotka hoitivat itse talousasioitaan ja kirjanpitoaan tiskin päällä nököttävää kassakonetta pidemmälle. Niitä olivat jotkut harvat yhden hengen kotikeplottelijat, joiden talousluvut eivät herättäneet kateutta, ja joiden liikevaihto ei riittänyt edes yrittäjän oman elämänsä turvaamiseen, puhumattakaan tilitoimiston elättämisestä. Sellaiset rääpälefirmat saivat tämän tilitoimiston mielestä kuihtuakin omaan kurjuuteensa. Tätä yritystä kiinnostivat mehukkaammat apajat, sellaiset tuotantokompleksit ja emofirmat, joiden vuotuinen liikevaihto kirjattiin vähintään kuusinumeroina lukuina, mielellään miljoonissa. Sellaisessa yrityksessä ei kenelläkään ole aikaa eikä intoa tarkistaa, täsmääkö kirjanpito pilkulleen, vai onko joukkoon ehkä lipsahtanut mahdollinen painovirhe tai inhimillinen erehdys.

Kirjanpitäjällä oli toimintasuunnitelma. Hänellä oli ollut se jo kauan, mutta hän oli pitänyt sen visusti omana tietonaan. Mikäpä siinä, jokaisella menestyvällä yrityksellä – ja olihan tili- ja laskentatoimi Summa & Mutikka yritys parhaimmasta päästä – piti olla pitkän tähtäimen strateginen suunnitelma. Suunnitelma oli hyvä, jopa nerokas. Ongelmana ei ollutkaan suunnitelman olemassaolo tai sen puuttuminen. Haasteena oli koko ajan ollut oikean ajoituksen määritys ja päättäminen. Tili- ja laskentatoimen edustaja oli odottanut oikeaa hetkeä pitkään ja kärsivällisesti. Pienessä kaupungissa tilaisuuksia kuitenkin tarjoutuu kovin harvoin. Oikeastaan niitä ei ollut tarjoutunut ollenkaan. Välillä hän oli jo miettinyt liiketoimiensa siirtämistä suurempaan kaupunkiin, mutta siellä olisivat pelkona metropolien tarkkailevat viranomaiset. Täällä Humpulassa hän oli saanut toimia rauhassa, kunhan pysytteli poissa valokeiloista. Hän oli ollut tästä asiasta tarkka, ja istunut aina varjoisimmassa kulmapöydässä tilannetta tarkkaillen.

Nyt hän tiesi kärsivällisyytensä tulevan palkituksi.

Tilanne oli oikeastaan kutkuttavan täydellinen. Paikkakunnalle oli yllättäen saapunut kaikesta täysin pihalla oleva poliisiviranomainen toiselta paikkakunnalta paikkaamaan paikallisten poliisivoimien kyvyttömyyttä hoitaa omia asioitaan. Tai oikeastaan, kuten Orvokki Öttiäinen oli asian kuvaillut, paikallisilla viranomaisilla otaksuttiin olevan omia intressejä kaupungin poliittisessa päätöksenteossa, jopa siinä määrin, että pelättiin Humpulan olevan vaarassa ajautua täydelliseen anarkiaan. Läänin keskusrikospoliisi oli reagoinut asiaan. Niinpä paikalle oli lennähtänyt Orvokki Öttiäinen jostain toisesta Persläpi-nimisestä kaupungista selvittämään ja rauhoittamaan tilannetta, ja saattamaan kaupungin poliittinen päätöksentekoprosessi jälleen laillisen ja sivistyneen demokratian tunnusmerkit täyttäviin puitteisiin. Öttiäinen ei kuitenkaan tuntenut kaupunkia. Siitä syystä, ja ehkä myös omaa poliisitaustaa häivyttääkseen Öttiäinen tuli pyytämään Tili- ja laskentatoimi Summa & Mutikkaa kumppanikseen.

Hän tarvitsi suostumiseensa vähemmän miettimisaikaa kuin kärpänen yhteen siiveniskuun.

Orvokki Öttiäinen tarjosi hänelle oivallisen suojakilven. Kukapa osasi epäillä poliisin kanssa liikuskelevaa henkilöä. Aiheuttamansa hämmingin suojissa hänen olisi helppoa viimeistellä muutama tarvittava toimenpide suunnitelmansa lopullisen rahoituksen varmistamiseksi. Kuin pingviini-koristeena kakun päälle oli kehkeytynyt kaupunginvaltuuston kiistely tulevista hankkeista. Näissä olosuhteissa kaikkien mielenkiinto kohdistuisi muualle satunnaiseen laskuun lipsahtaneen ylimääräisen nollan sijasta.

Mutta ajoituksen olisi osuttava täsmälleen oikeaan. Hankkeen tuotto olisi saatava maksimoitua, mutta olisi myös ymmärrettävä vetää viimeinen viiva ja laskea sen alle kertynyt pääoma juuri vähän ennen kuin kaupungin kadut olisivat liian kuumat kävellä.

Tuo aika oli tullut. Nyt hän laittaisi suunnitelmansa täytäntöön. Sen jälkeen hänen ei tarvinnutkaan tehdä muuta kuin siirtää itsensä jollekin sellaiselle etelämeren saarelle, jonka nimeäkään ei kukaan koko Suomessa tietäisi. Hän oli jo katsellut paikkoja ja ottanut selvää asioista. Hän tiesi jo, millaisen bungalowin hän hankkisi itselleen palmurannalta, leppeiden trooppisten merituulien sylistä. Hän oli tietoinen, että hän saisi vuokrattua unelmiensa bungalowin parilla sadalla etelämeren taalarilla. Tosin tuo hinta oli vain yhdeltä yöltä. Mutta ei se mitään. Hänellä olisi rahaa. Ainakin se pari sataa.

Kirjuri hymähti itsekseen. Hän näki jo itsensä maallisessa paratiisissaan makuhermoja hiveleviä juomia maistellen. Vailla huolen häivää. Kukaan ei tulisi hänen perässään. Etelämeren saarella ei olisi edes puhelinta. Mikään ei voisi mennä enää pieleen. Hän veti naamansa irvistystä muistuttavaan omahyväiseen hymyyn, kohotti katsettaan ja silmäsi ikkunastaan pihalle.

Jotenkin häntä kuitenkin hieman häiritsi pojankloppi, jonka kasvot tuijottivat ikkunassa häntä vastaan ja vilkuilivat tutkivasti hänen toimistoonsa. Ei hyvänen aika, tuo tunkeilija oli vielä raivattava tieltä, hän päätti ja ryntäsi ovelle.

21. Sairaalan savuhengitysosastolla

Pöltsi oli ihmeissään. Hän seisoi seuraavana aamuna Pultin ovella, mutta Pultti ei ollut kotona. Minne hän olisi saattanut joutua? Ei ollut Pultin tapaista lähteä minnekään tähän aikaan aamusta. Oliko jotakin sattunut? Pöltsi soitti Pultin talon ovikelloa kolme kertaa. Tuloksetta. Kukaan ei tullut avaamaan. Pöltsi tunsi itsensä neuvottomaksi. Hän palasi kadulle miettimään.

Pöltsi ei osannut arvata mistä Pulttia etsisi, joten hän päätti jättää etsinnät tuonnemmaksi. Ehkä Pultti ilmestyisi aikanaan omin avuin. Sen sijaan Pöltsi mietti, mitä tekisi Unto Vartiaiselta saamilleen papereille. Oli jokseenkin selvää, että Pöltsi ei voinut niitä pitää itsellään. Lyhyen itsensä kanssa käymänsä neuvottelun jälkeen Pöltsi tuli siihen tulokseen, että asiassa oli kaksi mahdollisuutta, joko palauttaa ne Dobermanille tai viedä ne poliisille. Jos Pöltsi veisi paperit Dobermanille, tämä saisi asiat taas rullaamaan ja pingviinit pääsisivät jatkamaan matkaa Kongosta eteenpäin, tai missä ovatkaan. Asian muilta osin Pöltsi arveli, ettei Dobermanin taholta tapahtuisi mitään muuta. Pöltsi uskoi, että Doberman olisi tyytyväinen papereihinsa, eikä vaivautuisi tekemään asian suhteen enempää. Eihän hän ollut tehnyt edes rikosilmoitusta.

Entä sitten poliisi? Poliisin olisi viran puolesta pakko tehdä jotakin. Huonoimmassa tapauksessa he vain kirjaavat asian ja palauttavat paperit Dobermanille, mutta silloin he ainakin virallisesti tietävät, että paperit on varastettu, löydetty, ja palautettu. Sekin olisi jo hyvä.

Asiassa oli vain yksi epämukava piirre. Se oli se, että Orvokki Öttiäinen istuisi vartiopakallaan poliisiaseman aulassa. Pöltsi ei halunnut asioida hänen kanssaan. Pöltsiä vaivasi ajatus, että Kai Mäkäräinen oli siirretty kenttätyöstä huoneeseensa paperihommiin, jotta hän olisi Öttiäisen valvottavissa. Pöltsistä tuntui myös siltä, että Öttiäinen oli edellisenä päivänä yrittänyt estää Domernanin ja etsiväkaverusten pääsyn Mäkäräisen puheille. Hienovaraisesti, mutta kuitenkin.

Mutta entä Hydson? Olisiko hän vielä sairaalassa? Siellä ei ole poliisivartiota ovella. Ja siellä voi varmastikin vierailla. Siinä se. Pöltsi suoristi ryhtinsä ja lähti astelemaan kohti sairaalaa. Mutta matkalla hän poikkeaisi Rasva-Repen grillillä. Jos Pulttia ei olisi näkynyt sielläkään, olisi syytä huoleen.

Rasva-Repe kertoi Pöltsille Pultin pistäytyneen grillillä edellisenä iltana, ja että tämä oli kysellyt jonkun uuden makkaran perään ja vaikuttanut vähän mietteliäältä ja väsähtäneeltä. Pöltsi ihmetteli, miksi Pultti ei ollutkaan mennyt kotiinsa, vaikka sanoi tekevänsä niin. Hän kuitenkin kiitti Rasva-Repeä tiedoista. Asialle ei voitu tehdä tälläkään saralla sen enempää. Olisiko käynyt niin, ettei Pultti ollut päätynyt kotiin asti ollenkaan.

Sairaalassa Pöltsi otettiin hyvin vastaan. Hydson-osaston hoitaja kertoi Pöltsille, että konstaapeli oli jälleen täydessä hapessa ja pääsisi pois aamupäivällä, hyvä ettei vielä ollut ehtinyt lähteä. Pöltsi ohjattiin Hydsonin huoneeseen. Huoneessa oli kolme petipaikkaa. Hydson oli saanut perimmäisen paikan. Hän istui selkäosa kohotettuna ja katseli ikkunasta ulos vapauteen kaihoisa ilme kasvoillaan. Huoneen kaksi muuta paikkaa olivat tyhjinä.

- Terve tänne sairastuvalle! tervehti Pöltsi ovelta ja herätti Hydsonin mietteistään.
- No terve! ilahtui Hydson.
- Olet kuulemma jo palaamassa takaisin muonavahvuuteen.
- Kyllä vaan. Minut on nyt hapetettu. Mutta mikäpä saa etsiväkaveruksen tulemaan tänne lasarettiin asti? Ette tulleet yhdessä?
- Pultti on jossain hukassa. Olen oikeastaan vähän huolissani hänestä. En tiedä minne hän on joutunut. Mutta minä tulin näiden papereiden kanssa.
- Ahaa. Ja mitähän papereita sinulla siinä on?

Pöltsi näytti pingviinien lupapaperit ja muut nipussa olleet lausunnot ja muut viralliset paperit Hydsonille, joka selaili niitä hetken ajan mietteliäänä. Samalla hän kuunteli Pöltsin kertomusta edellispäivän tapahtumista. Hydson laski paperit käsistään vuoteelle ja nosti katseensa Pöltsiin.

- Te olette näköjään melkein hoitaneet kaikki meidänkin hommat sillä välin, kun minä olen laiskotellut täällä, hän totesi.

148

- Ei nyt ihan sentään, toppuutteli Pöltsi. – Avoimia kysymyksiäkin on paljon. Enkä usko, että sinäkään niihin pystyt vastaamaan.
- Tässä ovat nyt kuitenkin varastetut paperit, ja tiedämme nyt myös, kuka on varkauden ja tulipalon takana. Mutta tieto ei silti tarkoita, että pystyisimme asian todistamaan. Minä olen sitä mieltä, että yritämme jättää Unto Vartiaisen rauhaan, jos hän ei kuitenkaan tunnustaisi mitään, mutta Alfons Nöftän kanssa haluamme käydä vähintäänkin pienen kuulusteluhenkisen keskustelun.
- Se on hänelle oikein. Kertoisitko minulle, mikä tyyppi on tämä Orvokki Öttiäinen? pyysi Pöltsi. –Millä valtuutuksilla hän liikkuu, ja onko hän oikeasti poliisi vai rosvo?

Hydson kurtisti kulmiaan sen näköisenä, ettei Orvokki Öttiäinen ollut hänen mieluisin keskustelunaiheensa.

- En oikein tiedä kenen toimesta kaikki sai alkunsa, mutta jotenkin nämä meidän kaupunkimme sekoilut joutuivat läänin rikospoliisin tietoon. Siellä joku päätti lähettää meidän avuksemme ylimääräisen resurssin. Se ei ole epätavallista, koska lainaamme tarpeen mukaan piirien välillä toisillemme resursseja silloin tällöin lähinnä oppiaksemme toisiltamme. Luulen, että Orvokki Öttiäinen ilmoittautui vapaaehtoiseksi. Hän saapui tässä eräänä päivänä poliisiasemalle ja suhtautui asiaan heti alussa päällikön elkein. Hän järjesti minulle ja Mäkäräiselle toimistohommia ja halusi ottaa itse langat käsiinsä. Se ei ole normaalia. Yleensä nämä vaihto-oppilaat tulevat nöyränä ja lakki kourassa, ja heidät laitetaan järjestämään arkistoja. Valitimme Mäkäräisen kanssa kohtaloamme, mutta saimme vastauksen, että paperityötkin täytyy tehdä, ja että meidän täytyy hyväksyä tilanne sellaisenaan ja lisäksi vielä olla iloisia saamastamme avusta.

- Ette kuitenkaan olleet kovin iloisia?
- No emme olleet. Halusimme tunkkaisesta toimistosta ulos raittiiseen ilmaan. Tietysti paperityöt ja raportit pitää tehdä, mutta ei tämä poliisinkaan työ ole pelkkää paperin pyörittelyä. Minä luulin, että minulla kävi tuuri, kun pääsin livahtamaan Vuhvun keikalle puoliksi salaa. Juuri se ilmoitussoitto tuli laitokselle Öttiäisen huomaamatta. Luulin lähtiessäni, että se olisi pelkkä tavallinen tarkistuskäynti. Ja sitten se tupa tuikattiin tuleen juuri silloin, kun olin siellä.
- Miten Öttiäinen sitten toimi?
- Aluksi me ihmettelimme Mäkäräisen kanssa hänen toimiaan, ja selvittelimme vaivihkaa hänen taustaansa. Meille selvisi nopeasti, miksi hän oli ilmoittautunut halukkaaksi tähän keikkatyöhön. Hänellä on ilmeisesti toisessa kaupungissa sivutoiminen vartiointifirma. Hän kai päätti hyötyä omissa bisneksissään tästä poliisityöstä. Hän päätti lähteä kentälle ja tutustua kaupungin yrityksiin, kaikkiin niihin firmoihin, joilla saattaisi olla mielenkiintoa joko toimintakeskukseen tai eläintarhaan. Toimintansa sivutuotteena hän yritti saada näistä firmoista uusia asiakkaita omalle vartiointifirmalleen. Avukseen hän pestasi kaupungin ainoan tilitoimiston, koska siellä tunnettiin kaikki kaupungin yritykset.

- Siis Andrei Vochkin?
- Kyllä. Yhdessä he sitten lähtivät mellastamaan kaupungille. Poliisitoimen näkökulmastahan se ei ole ollenkaan oikea tapa, vaan hänen olisi pitänyt lähteä kaupungin päättävien tahojen juttusille. Kaiken lisäksi Vochkin taisi syyllistyä vähän turhankin karkeaan suostutteluun.
- Todellakin. Eli tähän kaupungin kiistelyyn toiminta-keskuksen ja eläintarhan välillä on nyt sekoittuneet Öttiäisen ja Vochkinin omat bisnekset. Ja ne ovat eri asioita kuin kaupungin tavoitteet.
- Niin minä sen näen. Omalla kotikentällään Öttiäisen tällainen toiminta olisi herättänyt vähintäänkin paheksuntaa, mutta täällä siitä eivät tienneet muut kuin minä ja Mäkäräinen, ja meidät hän pyrki pitämään hiljaisina sivustakatsojina. En oikein tiedä, miten tuo Öttiäinen saataisiin pysä...

Hydsonin lause katkesi kesken, kun huoneen ovi avattiin. Sisään suhahti hoitaja. Hän havaitsi Pöltsin ja Hydsonin läsnäolon, mutta ei selvästikään ollut kiinnostunut kummastakaan. Sen sijaan hän levitti särmin Hydsonin ja viereisen tyhjän paikan väliin. Sekä Pöltsi että Hydson höristivät korviaan kuullakseen, mitä sellaista särmin takana tapahtuisi, jota heidän ei haluttu näkevän. He kuulivat, kuinka ovesta työnnettiin sänky huoneeseen, ja se parkkeerattiin viereiselle paikalle. Kuului kaksi terävää napsahdusta, kun sängyn jarrut kytkettiin päälle.

- No niin, totesi hoitaja rauhoittavalla äänellä. – Nyt saat levätä tässä vähän aikaa. Lääkäri tulee katsomaan sinua kohta.

Potilas vastasi tähän yskimällä. Hydson ajatteli, että tämä huone oli varmaankin yksinoikeudella varattu sen asiakaskunnan käyttöön, joka yrittää päästä keuhkoistaan eroon yskimällä ne pihalle.

- Rauhallisesti nyt, kuului hoitaja sanovan. – Yritä olla yskimättä, se ei nyt tee sinulle hyvää. Sinulle on annettu hengitysteitä avaavaa lääkettä, ja saat ihan pian myös happipullon tähän viereen. Niiden pitäisi auttaa.

Yskiminen kuulosti tutulta. Pöltsi nousi seisomaan ja kurkisti särmin raosta. Sen jälkeen hän kiersi nopeasti särmin ympäri ennen kuin hoitaja ehti poistua.

- Anteeksi, voitteko kertoa mistä hänet tänne tuotiin?
- Tunnetko hänet? kysyi hoitaja.

Pöltsi nyökkäsi.

- Tunnenpa hyvinkin.

Hoitaja tuumi hetken, katsoi vuoroin potilasta ja Pöltsiä. Potilas nosti peukaloaan tunnistamisen merkiksi, jonka jälkeen hoitaja päätti kertoa tietonsa.

- Hänet löydettiin nyt aamulla Aimo Nakin makkaratehtaalta. Nakki löysi hänet töihin tullessaan ja

152

hälytti ambulanssin. Hän roikkui siellä kylmäsavustamossa muiden nakkien joukossa.

Pöltsiä hieman hymyilytti, vaikka hän tiesi, että tilanteeseen pitäisi suhtautua vakavasti.

- Miten se on mahdollista? hän kysyi sen sijaan.
- Emme ole vielä saaneet selville, miten hän on sinne joutunut, mutta joka tapauksessa hän on hengittänyt savustamon savua koko yön ja hän on myös vähän kylmettynyt. Savustamon savu ei ole myrkyllistä, mutta ei sitäkään ole hyvä hengitellä tuntitolkulla. Annamme hänelle happea ja pidämme hänet tarkkailtavana jonkin aikaa.
- Kiitos, vastasi Pöltsi. – Ehkä hän kohta kertoo asioistaan itse yksityiskohtaisemmin.

Hoitaja ei jäänyt odottamaan lisää kysymyksiä, vaan kääntyi kannoillaan ja poistui ovesta käytävälle.

- Terve taas! Hauska nähdä, sanoi Pöltsi uudelle potilaalle.
- Tervhhköhh, vastasi Pultti.

22. Pidättelyä

Hoitaja suhahti ovesta ulos yhtä äänettömästi kuin oli tullutkin.

- Pystytkö kertomaan, miten jouduit Aimo Nakin savustamoon? kysyi Pöltsi Pultilta hoitajan poistuttua.
- Pystyn, vastasi Pultti ja yskäisi. Häivähdys savustamon savun hajua levisi huoneeseen hänen hengityksensä mukana.
- Kertoisitko myös?
- En.
- Miksi et?
- Kun en oikein tiedä.
- No kerro mitä tiedät.
- Köhköhköh! Olin menossa eilen kotiin, kun huomasin sen tilitoimiston. Sen nimi on muuten "Tili- ja laskentatoimi Summa & Mutikka". Äkkähköhhköh ... äkkäsin, että pihassa seisoi punainen Saab. Nimenomaan se sama, tai ainakin täsmälleen samanlainen. Köhköh! Kiinnostuin tietenkin asiasta, joten hipsin pihalle ja yritin kurkistaa varovasti ikkunasta sisään. Köh! Ja kurkistinkin, mutta varovaisuus taitaa vaatia lisää harjoittelua.
- Mitä näit siellä?
- Ensin en nähnyt oikein mitään. Tiedättehän, köhköh. Kun ulkona on valoisaa ja sisällä hämärämpää, niin ei ikkunasta silloin näe sisälle. Köh. Piti mennä tosi lähelle ikkunaa, jotta pystyin erottamaan mitään. Ja menin sitten liiankin lähelle. Sisällä nousi ikkunan edessä pystyyn

ilkeän näköinen korsto, joka tietenkin näki minut heti ja ryntäsi ovesta ulos. Köhköh! Hänellä taisi olla mukanaan joku kova esine, mihin kopsautin pääni. Sen jälkeen luulin näkeväni unta, kun heräsin savuisessa huoneessa, jossa oli ympärillä paljon makkaroita. Nam! Voitteko kuvitella, niin paljon herkullisia makkaroita, niin lähellä, mutta tavoittamattomissa? Olin köhköh makkarataivaassa.

- Sinun tapauksessa voin hyvinkin kuvitella sen. Oliko sinut sidottu?
- Kädet oli sidottu selän taakse ja olin kiinni jossakin rakenteessa siten, etten päässyt liikkumaan huoneessa. Mutta en sentään roikkunut katosta niin kuin tuo hoitaja sanoi. Alleni oli laitettu tuoli.
- Oliko tuo korsto Andrei Vochkin?
- Luultavasti oli. Hän ei ehtinyt näyttää minulle papereitaan, mutta hän näytti samalta mustapukuiselta mieheltä, joka sillä Saabilla on liikkunut.

Pöltsi siirsi katseensa Hydsoniin.

- Mitä me nyt sitten teemme?
- En tiedä, mitä todisteita meillä Vochkinia vastaan on, vastasi Hydson, - mutta kuulusteltavaksi hänet voidaan hakea. Täytyy varmaankin löytää jostakin tilitoimiston tilien tilintarkastaja penkomaan Summa & Mutikan tilejä. Sieltä ehkä löytyy ne todisteetkin.
- Juujuujuu, mutta mitä me teemme NYT? toisti Pöltsi.

Hydson katsahti Pöltsiin ilmeellä, joka kertoi hänelle yhdellä vilkaisulla viestin "ymmärsin kyllä kysymyksesi, mutta

155

halusin vastata vähän laajemmin". Pöltsi päätti harjoitella tuota käyttökelpoista ilmettä omaankin ilmevalikoimaansa.

- Tietenkin me julistamme NYT minun sairastamiseni päättyneeksi, luovutamme siinä suhteessa elpymis-velvoitteen Pultille, ja poistumme tästä lasaretti-rakennuksesta saman tien, kunhan saan nämä sairaalan tamineet vaihdettua sellaisiin, joissa kehtaan kaupungilla näyttäytyä. Sitten mennään ja noudetaan Vochkin asemalle.

Hydson pomppasi ylös sängyltään ja katsoi Pulttia.

- Ja sinä pysyt nyt vuorostasi täällä! Se on poliisin, lääkärin, ja taivaan porttien vartijan määräys!
- Köhköh, vastasi Pultti.

23. Summa & Mutikka

Hydsonilla ei ollut autoa mukanaan, joten he joutuivat Pöltsin kanssa kävelemään matkan sairaalasta kohti Summa & Mutikan tilitoimistoa.

- Tuli nyt mieleeni, kysyi Pöltsi jotakin sanoakseen. – Miksi tuolla tilitoimistolla on tuollainen nimi, vaikka omistaja on Andrei Vochkin?
- Joskus kymmenen vuotta sitten sen omistivat kaksi herraa Simo Summa ja Matti Mutikka. Kului muutama vuosikymmen, ja sitten Summalla tuli mittari täyteen ja hän siirtyi taivasten valtakuntaan. Mutikkakin oli jo iäkäs ja päätti myydä firman. Vochkin osti sen, mutta ei muuttanut toimiston nimeä. Se oli varmaankin viisas päätös häneltä.
- Selkis, sanoi Pöltsi. – Menemmekö suoraan sinne vai täytyykö sinun käydä ilmoittautumassa poliisilaitoksella ensin?
- Parempi olla käymättä, vastasi Hydson. – En ehkä pääsisi sieltä pois.

Pöltsi nyökkäsi. Kävely jatkui ääneti. Askelten tahti kiihtyi sitä mukaa kun he Tili- ja laskentatoimi Summa & Mutikan toimisto lähestyi. Kiirehtimisellä ei tuntunut olevan juurikaan perusteita, sillä joka puolella oli hiljaista ja rauhallista.

Askelten loppukiihdytys taukosi liikerakennuksen kulmalla. Hydson ja Pöltsi katsoivat pihalle. Punaista Saabia ei näkynyt. Eikä näkynyt mitään muutakaan erikoista. Vakuuttuakseen asiasta molemmat astelivat keskelle pihaa ja katsoivat joka suuntaan ympärilleen. Ei mitään.

- Tehdäänpä pieni koe, ehdotti Hydson. – Mene sinä nuorempana etsivänä kurkistamaan ikkunasta sisään, ja katsotaan sen jälkeen, joudutko sinäkin lihajalostamon kylmähuoneeseen.

Pöltsi ymmärsi huumorin, mutta asteli kuuliaisesti kohti tilitoimiston ikkunaa. Ikkunan edessä kukkaistutusten juurella näkyivät Pultin edellisen illan jalanjäljet. Ne johtivat siististi ikkunan eteen. Mitään pakoyritykseen tai kahakkaan viittaavia jälkiä ei ollut havaittavissa. Aivan kuin Pultti olisi nostettu ikkunan edestä suoraan ilmaan. Ehkä niin tapahtuikin, mutta siinä tapauksessa nostajan täytyi olla kohtalaisen voimakas henkilö.

Pöltsi arveli, ettei Pultin jalanjäljistä olisi mitään rikostutkinnasta hyötyä, ja istutuksia varjellakseen päätti hyödyntää samoja jälkiä. Turhat kyykytykset hän jätti väliin, ja eteni pystypäin ikkunalle. Ikkuna oli likainen. Toistaiseksi viimeisiksi jääneet ikkunanpesutalkoot oli pidetty edellisen sukupolven aikaan. Likaisuudesta ja kirkkaasta ulkoilmasta johtuen Pöltsinkin oli tosiaankin vaikea nähdä sisään. Hän yritti silti kierrättää katsettaan ympäri huonetta. Hänen huomionsa jaksoi kiinnittää vain yksi asia. Huoneen takakulmassa näkyi pystysuora valojuova. Toimiston ovi oli raollaan, ja raosta kuulsi sisään päivänvaloa.

Pöltsi perääntyi edelleen samoja jalanjälkiä käyttäen pois ikkunan ääreltä. Hän viittasi Hydsonia saapumaan luokseen.

- Siellä on ovi auki, hän raportoi.
- Mennään sitten sisään, päätti Hydson.
- Onko sinulla kotietsintälupa? kysyi Pöltsi.
- Ei tämä ole koti eikä etsintä, vastasi Hydson. – Ja tilitoimiston etsintäluvan nimettä ei lakitekstissä ole. Ja mehän menemme vain sulkemaan vahingossa auki unohtunutta ovea, eikös?
- Niinhän me juuri teemme, nyökkäsi Pöltsi.

Kaksikko astui tilaan, joka kerrostalossa olisi ollut rappukäytävä, mutta enempien kerrosten puuttuessa se tyytyi olemaan eteistila, josta oli pääsy useampaan muuhun tilaan. Yksi ovista oli todellakin auki, ja ovessa oli tilitoimiston kyltti. Hydson raotti ovea vähän lisää ja molemmat astuivat sisään.

- Koeta välttää koskemasta mihinkään, hän neuvoi Pöltsiä. –Ihan vain varmuuden vuoksi.

Pöltsi nyökkäsi.

Hydson siirtyi tutkimaan hyllyjä, jotka peittivät toimiston seiniä. Hyllyt olivat lähes tyhjiä, mutta pölyjäljistä näki, että ne eivät olleet olleet tyhjinä pitkään. Muutama tyhjä mappi oli jäänyt hyllyyn, ja joitakin yksittäisiä papereita. Hydson yritti nähdä papereiden tekstiä koskematta niihin, mutta hänen silmissään ne eivät tuntuneet tärkeiltä.

Pöltsi puolestaan siirtyi tutkimaan ikkunan edessä olevaa kirjoituspöytää. Kirjoituspöydän laatikot oli vedetty auki, eikä niitä ollut vaivauduttu enää sulkemaan. Laatikoissa oli jäljellä enää muutama kynä, paperiliittimiä, nitojan niittejä, ja pieni pala valkoista kangasta.

- Tuletko vilkaisemaan, hän pyysi Hydsonia.

Hydson keskeytti hyllypapereiden killistelyn ja siirsi itsensä kirjoituspöydän vierelle.

- Voimmeko katsoa tuota kangasta tarkemmin? kysyi Pöltsi.
- Miksi se kiinnostaa sinua? kysyi Hydson.
- Haluan vain nähdä mikä se oikein on, vastasi Pöltsi. – Ehkä sillä ei ole merkitystä.
- No, kankaaseen ei yleensä sormenjäljet tartu, joten eiköhän se onnistu.

Hydson kaivoi omasta taskustaan kynän, jonka avulla hän onki kankaan laatikosta kirjoituspöydälle. Edelleen kynäänsä apuna käyttäen hän levitteli sen pöydälle suoraksi. Sen jälkeen hän katsoi Pöltsiin ilmeellä, joka kuvasi sanatonta kysymys-merkkiä. Pöltsi huudahti ja vastasi hänelle huutomerkki-ilmeellä.

Pöydälle oli juuri levitetty valkoinen viisikulmainen nenäliina.

- Selitätkö vähän? kysyi Hydson lopulta.
- Selitän. Arvasin tämän. Alfons Nöftä kertoi, että hänen liikkeessään kävi taannoin oudon tuntuinen huonosti

suomea puhuva asiakas, joka tilasi häneltä viisikulmaisen nenäliinan. Sellaista ei kukaan ollut tilannut koskaan aikaisemmin, eikä sellaisia saa kaupoista. Se nenäliina on tässä. Joten nyt sitten tiedämme, kuka tämä asiakas on ollut.

- Ahaa, valaistui Hydson. – Ja koska nenäliina on hylätty tänne, se ei ollut siinä vierailussa se tärkeä juttu, vaan asiakkaan pääasia oli päästä katsomaan Nöftän liikettä.
- Eli Vochkin kävi siellä omin päin vähän katselemassa ympärilleen, selvensi Pöltsi.
- Mutta miksi?
- En tiedä, mutta arvaan, sanoi Pöltsi. – Hänen täytyi päästä Nöftän liikkeeseen katselemaan ja valmistelemaan seuraavaa siirtoa. Luulen, että hän kävi katsomassa Nöftän valvontakameraa, ja miten sen sähköjohdon saisi nopeasti katkaistua. Perustelen tämän sillä, että seuraavaksi se johto katkaistiin.
- Edelleen kysyn miksi?
- Edelleen arvailen, sanoi Pöltsi. – Voidakseen seuraavalla kerralla pölliä Sidorowin ompelukoneen, kiusatakseen Nöftää. Mutta Nöftä äkkäsi asian ja siirsi itse ompelukoneensa pois Unski Vartiaisen asuntoon, joka puolestaan sai Nöftän häirinnästä tarpeekseen, ja palautti koneen takaisin heti, kun Nöftä oli lopettanut päivän työt.

Hydson nyökkäili.

- Kuulostaa jotenkin loogiselta, mutta se on silti vain teoria.
- Se on se, mitä tämä nenäliina tässä pöydällä osaa minulle kertoa.

- Arvostan päättelyäsi. Monelle muulle – minä itse mukaan luettuna - se ei olisi osannut kertoa yhtään mitään.

Hartaushetken nenäliinan ympärillä rikkoi ulkoa kantautuva melu. Pihaan ajettiin autolla. Molemmat katsoivat ikkunasta ulos. Pihaan saapui huomattavan kiireisellä nopeudella punainen Saab.

- No mutta tämäpä sattui! huudahti Hydson. – Nythän me ne nappaamme!

Samassa hän syöksähti ovelle ja oli sekunnissa jo eteisen puolella. Pöltsi yritti huutaa hänen peräänsä, mutta Hydson ei kuunnellut. Ulko-ovi rämähti auki samaan aikaan kun Saab seisahtui pihaan. Hydson kopeloi taskujaan etsien poliisiasettaan, kunnes muisti, että se oli takavarikoitu häneltä sairaalassa, ja se oli äkkilähdön hötäkässä jäänyt sairaalan säilöön. Saab käytti tilaisuuden hyväkseen, peruutti pois pihasta yhtä äkäisesti kuin oli siihen saapunutkin, kääntyi kadulle, ja kaasutti tiehensä.

24. Toimistoetsintää.

- Minä yritin vain ehdottaa, että annetaan Vochkinin tulla sisään ja pidätät hänet sitten, kommentoi Pöltsi epsodia hiljaisella äänellä. – Nyt pelotit hänet lopullisesti tiehensä.

Hydson nieleskeli pölyä ja katsoi maahan.

- Mokasin. Tuli liian hätäinen reaktio, hän tunnusti. – En ehtinyt edes katsoa kuka autoa ajoi. Huomioni meni kokonaan pyssyn ja käsirautojen etsimiseen ja sitten kaikki oli pölypilven peitossa.
- No, sattuuhan sitä, lohdutti Pöltsi.
- Näitkö sinä mitään?
- En nähnyt minäkään, myönsi Pöltsi. – Oli liian likainen ikkuna ja liian sankka pölypilvi.
- Sen sijaan voimmekin nyt pohtia, mitä tämä pikainen vierailu, tai sellaisen yritys, meille kertoo.
- Se kertoo sen, vastasi Pöltsi, - että Vochkinilta unohtui jotakin, mitä hän päätti vielä tulla hakemaan.
- Nimenomaan, vahvisti Hydson. – Eikä se varmaankaan ollut se viisikulmainen nenäliina. Hän tuskin itse tietää, että sillä olisi mitään merkitystä.
- Joten mars takaisin sisälle ja etsimään, päätti Pöltsi.

Kaksikko siirtyi takaisin toimistoon ja aloitti järjestelmällisen etsinnän varmoina siitä, että jotakin he tulisivat löytämään. Pöltsi tutki kirjoituspöydän joka sopukan samalla herpaantumattomuudella, jolla hän oli tutkinut Sidorowin ompelukonetta Alfons Nöftän ikkunassa. Hän lainasi

Hydsonin kynää, jota apunaan käyttäen hän veti laatikoita auki ja kiinni. Hän tutki laatikoiden pohjat ja pöytätason alapinnan varmistuakseen siitä, ettei missään ollut kaksoispohjaa tai muuta piiloa. Samoin hän kolusi pöydän ja seinän välisen raon, mutta ainoa löytö oli mittaamaton määrä pölyä. Kirjoituspöydän jälkeen Pöltsi siirtyi tarkastelemaan lattiaa kellariluukun tai muun vastaavan löytymisen toivossa.

Hydson oli edennyt hyllyjen parissa. Hän oli aukonut tyhjätkin mapit katsoen, ettei kansien sisäpinnoille ollut kiinnitetty mitään. Jossakin saattaisi hyvinkin lymyillä vaikka tallelokeron avain, ja avaimen piilottamiseen ei isoa piilopaikkaa tarvita. Aikansa tyhjiä mappeja ja irrallisia papereita tutkittuaan hän pysähtyi yhden hyllykön kohdalle. Hän tutki hyllyjä katseellaan, kunnes huikkasi Pöltsille:

- Löysin ehkä jotakin.

Pöltsi keskeytti lattian nuuskimisen ja tuli vuorostaan Hydsonin viereen.

- Katsopa tätä hyllyväliä, sanoi Hydson. – Eikö se näytäkin vähän erilaiselta kuin muut hyllyt?

Pöltsi katseli hyllyä hetken ajan.

- Näyttää. Se näyttää vieläkin pölyisemmältä kuin muut.
- Niin. Eli siinä ei ole ollut mappeja, vaan jotakin muuta pienempää ja ehkä kevyempää tavaraa.
- Mitä me siitä viisastumme? ihmetteli Pöltsi nyt vuorostaan.

164

- Tämä hylly on muutenkin hieman erilainen. Huomaatko, että vain tässä hyllyssä on taustalevy.
- No niin tietenkin, äkkäsi Pöltsi. – Meillä on tässä helposti siirrettävä hylly, jossa on taustalevy, jonka taakse voidaan piilottaa jotakin.
- Joten tartupa kiinni, määräsi Hydson. – Katsotaan mitä sen takana piilee.

Hydson ja Pöltsi tarttuivat kiinni hyllyn päihin ja alkoivat heiluttaa sitä. Hylly heilui ja siirtyi pois paikaltaan yllättävän helposti. Hyllyn takaa seinässä ei löytynyt salaovea tai kassakaappia. Siellä oli pelkkä syvennys. Syvennykseen oli kätketty musta nahkainen vetoketjullinen olkalaukku.

- Bingo, totesi Hydson.
- Hahaa, nauroi Pöltsikin. – Saatko kynälläsi tuon laukun esille ja vetoketjun auki?
- Saan sen tehtyä niin, etten tuhoa siinä olevia sormenjälkiä, vakuutti Hydson.
- Mielenkiintoista katsoa kuinka sen teet.

Hydson otti tukevan metallirunkoisen kynänsä esiin, keinotteli sen avulla laukun ulos kolostaan ja antoi sen pudota lattialle. Seuraavaksi hän nosti olkahihnasta, jolloin laukku pyörähti oikein päin. Kynän kärjellä hän hivutti vetoketjun auki. Hydson ja Pöltsi katsoivat kassin sisältöä. Sen jälkeen he katsoivat toisiinsa. Hydson vihelsi.

Kassissa oli kohtuullisen iso määrä käsin kirjoitettuja kuitteja. Hydson pöyhi kuitteja kynällään. Maksun vastaanottajaksi oli kaikkiin kuitteihin kirjoitettu sama nimi. Maksun aihekin oli aina sama, pelkkä ytimekäs sana "suoritus" ja päivämäärä.

25. Loppukuulustelu

- Seuraavaksi minä seuraan mielenkiinnolla, miten me käsin koskematta kuljetamme tänä laukun poliisilaitokselle, sanoi Pöltsi.
- No esimerkiksi siten, mietiskeli Hydson ympärilleen tiiraillen, - että otamme tuolta hyllyltä tuon ison muovikassin. Sinä pidät sitä auki, ja minä nostan laukun sinne. Ja sitten poistumme tyytyväisenä kohti kotipesää.

Raitis ulkoilma tuntui hyvältä pölyisen toimiston jälkeen. Muovikassi oli viettänyt aikaansa toimistossa jo kauan ja oli jo hiukan haurastunut. Hydson ei luottanut sen sankojen kestävyyteen, vaan otti kassin varmaan syliotteeseen ja kantoi sitä kainalossaan.

Pöltsi olisi jo luullut, että tutkimusten aikana oli tapahtunut jo niin monia käänteitä, ettei hän enää yllättyisi mistään. Kuitenkin, kun kaksikko saapui poliisilaitoksen eteen, he pysähtyivät hämmästelemään näkyä, joka heitä kohtasi.

Punainen Saab seisoi poliisilaitoksen oven edessä.

- Tämä juttu tuntuukin ratkeavan ihan itsestään, totesi Hydson.
- Ja jos niin ei ole, niin mitähän tuolla sisällä tapahtuu? ihmetteli Pöltsi.
- Mennään katsomaan.

Kaksikko astui ovesta sisään. Vastaanottokomitea odotti heitä heti aulassa.

- Sieltähän te tulettekin. Jäimme tähän odottamaan teitä, kun osasimme arvata, että saavutte pian.

Tervetulotoivotuksen lausuja oli Orvokki Öttiäinen, joka seisoi keskellä aulaa. Kai Mäkäräinen seisoi toimistoihin johtavan käytävän suulla. Tuolilla istui Andrei Vochkin, jonka kädet oli käsiraudoilla kahlittu selän taakse.

- Onpa mukava nähdä taas! tervehti Mäkäräinenkin osoittaen sanansa erityisesti Hydsonille. – Oletko taas täydessä iskussa?
- Kyllä vaan, vastasi Hydson. – Pultti sen sijaan jatkaa miehitystä sairaalassa.
- Niin, se on harmi, myönsi Mäkäräinen. – Herra Vochkin tässä ystävällisesti jo valotti meille Pultin kokemaa kohtaloa, ja kyselimmekin jo hänen vointiaan. Lääkäri kertoi, että mitään vakavaa ei sattunut ja Pulttikin pääsee pian kotiin.
- Meillä on teille vähän tuomisiakin, totesi Hydson ja nosti kuittikassin pöydälle.
- Niitäkin osasimme jo hieman odottaa, hymyili Orvokki Öttiäinen. – Tai ainakin toivoimme, ettei meidän tarvitsisi lähteä niitä erikseen noutamaan.

Hydson hymyili takaisin Öttiäiselle.

- Tulitte jo pihaan asti, mutta ette uskaltautuneet peremmälle.
- Emme olleet siinä vaiheessa porukalla liikkeellä, vastasi Öttiäinen.
- Ai jaa. Saammeko siinä tapauksessa tiedustella, miten satuitte tapaamaan toisenne juuri sopivasti heti sen jälkeen ja päätitte tulla tänne? tiedusteli Hydson.
- Voi toki, vastasi Orvokki Öttiäinen ja hymyili vielä leveämmin, niin että Pöltsi pelkäsi hänen suupieliensä repeävän. – Joskus sanotaan, että sattuma johdattaa. Olimme pitämässä ylinopeusratsiaa ulosmenotiellä, kun tutkaan pölähti tämä punainen paholainen huomattavalla ylinopeudella. Herra Vochkinilla oli tullut äkillinen kiire jonnekin pois. Arvasin heti, tai oikeastaan tiesin, mikä oli saanut hänet sellaiseen vauhtiin. Niinpä hänet napattiin kiinni. Koska pelkästään ylinopeus oli niin hurja, että sen perusteella kuka tahansa saisi korttinsa kuivumaan, ja muutenkin herra Vochkin tuntui menettäneen itsensä hallinnan ja oli hyvin ylikiihtyneessä mielentilassa, katsoimme parhaaksi tulla tänne hieman keskustelemaan ja rauhoittumaan.

Samassa kuului, kun aulassa oleva WC vedettiin ja sen ovi lennähti auki. Saniteettitilan perukoilta kuului pakoputkensa hukanneen urheiluauton veekasimoottorin tapainen kumea murina, kunnes oviaukon täytti muhkealla olemuksellaan vaatturimestari Alfons Nöftä. Vaatturimestari suoristi vielä kertaalleen moitteetonta pukuaan, pani merkille Pöltsin ja Hydsonin liittyneen seurueeseen, minkä merkiksi hän heilautti kertaalleen kaislantähkäkulmakarvojaan ylös ja alas, ja muodosti lausahduksensa:

- Pidot näköjään paranee.
- Aivan, jatkoi Öttiäinen. - Herra vaatturimestari Alfons Nöftän poimimme matkalla mukaan keskustelua täydentämään. On aina mukavampaa, kun ei tarvitse kysellä jälkeenpäin. Istukaa toki tekin, herra Nöftä.
- Arvelen, että vaatturimestarimme tunteekin tämän viisikulmaisen nenäliinan tilanneen miehen oikein hyvin, totesi Pöltsi väliin.

Alfons Nöftä vastasi toteamukseen kevyellä murahduksella. Hän käveli Andrei Vochkinnin editse kohti vapaata tuolia, jolloin he vaihtoivat katseita, joista oli tulkittavissa paitsi pitkäaikainen tunteminen, myös tunteiden tämänhetkinen viileys.

- Pidäkin huoli ettet sitten sano mitään, murahti Alfons Nöftä Andrei Vochkinille.

Andrei Vochkin piti päätään painuksissa, mutta yritti silti syrjäsilmin seurata Alfons Nöftän liikehdintää.

- Ei mä näille mitä sano. Mutta se mä vaan sano nyt tässä kohta sulle että... aloitti Vochkin.
- Turpa kiinni nyt, minä sanoin! karjaisi Nöftä niin että poliisilaitoksen lasit helisivät.

Karjaisua seurasi hetken hiljaisuus. Ei ollut tavallista, että asiakkaan ominaisuudessa paikalle tuotu henkilö ottaisi ohjat käsiinsä poliisilaitoksella. Orvokki Öttiäinen ja poliisimiehet vaihtoivat katseita, ja Hydson heilautti päätään viitaten johonkin muualle.

- Jos keskustelu ei suju tällä tavalla, niin voimme toki kuulustella teitä molempia erikseenkin, ehdotti Orvokki Öttiäinen.
- Joka tapauksessa minä ehdottaisin, että laajemman yleisen häiriön välttämiseksi siirrymme keskustelemaan sitä varten tarkoitettuun tilaan, jatkoi Mäkäräinen.
- Saankohköhköh minäkin osallistua?

Kaikki katsoivat ovelle, jonne Pultti oli saapunut. Pultti seisahtui ovelle ja tuijotti takaisin seurueen jäseniä yksi kerrallaan ja oli hämääntynyt osakseen saamasta tuijotuksesta.

- Tai siis jatkakaa ihan rauhassa. Minä tulin vain kuuntelemaan. Teillä on tosi mielenkiintoinen keskustelu. Osa siitä kuului tuonne kadulle asti.

Tuijotus jatkui. Pultista tuntui, että häneltä odotettiin perusteluja ilmaantumiselleen.

- Tai oikeastaan köh tulin tuomaan tämän pussin. Laittoivat sen sairaalassa minun mukaani. Siinä on Hannes Hydsonin sairaalaan unohtunut jäämistö. Köh. Köhköh! Käskivät tuoda sen tänne poliisilaitokselle. Luottivat minuun sen verran, kun oikein poliisista oli soitettu köh ja tiedusteltu vointiani.

Hydson tokeni ensimmäisenä.

171

- Terve Pultti. Astu peremmälle. Ja kiitos tuomisista. Minä voin ottaa ne kamppeeni.
- Ja totta kai sinäkin saat osallistua, sanoi Orvokki Öttiäinen.

Pultti ojensi pussin Hydsonille, joka otti sieltä esille henkilökohtaiset poliisin varusteensa ja sijoitteli ne huolellisesti paikoilleen ympäri asusteitaan. Sen jälkeen koko seurue siirtyi huoneeseen, jonka kalustukseen kuului lähinnä vain tuoleja. Andrei Vochkin ja Alfons Nöftä ohjattiin määrätietoisesti istumaan toisistaan erilleen. Kumpikaan ei näyttänyt kovin iloiselta.

- Jospa minä vähän alustan tätä keskustelua, aloitti Orvokki Öttiäinen. – Tiedän, että läsnäoloni täällä Humpulassa on aiheuttanut ristiriitaisia tunteita ja kummastusta. Minuthan siirrettiin tänne toisaalta ja tehtäväkseni annettiin jonkun vähän epämääräisen tapausvyyhdin tutkiminen tässä kaupungissa. Minulle kerrottiin jo etukäteen, että asiaan liittyy jotakin enemmän kuin täällä ymmärrettiin. Se selittää toimintaani, joka kieltämättä saattoi vaikuttaa omintakeiselta.
- Ehkä pikkuisen, hymähti Hydson.
- Ensinnäkin tiesin, jatkoi Orvokki Öttiäinen, - että Tili- ja laskentatoimi Summa & Mutikan toiminnasta on tehty useitakin tutkintapyyntöjä sen jälkeen, kun firma vaihtoi omistajaa. Niiden perusteella on tehty tutkimuksiakin, mutta todisteita ei ole löytynyt, ja tutkinnat ovat hiipuneet.

Orvokki Öttiäinen vilkaisi Andrei Vochkinia, joka näytti aidon hämmästyneeltä.

- Emmä tiedä ollenkaan että jos mä osti joku rikollisfirma, puolustautui Vochkin.
- Pidä nyt se typerä leipäläpesi kiinni! komensi hieman jo rauhoittunut Alfons Nöftä. – Nämä tutkinnat ovat sinun ajaltasi. Summa ja Mutikka olivat kunnon miehiä.
- Mä ei tietä mikä on leipä läpi kiinni, ihmetteli Vochkin.

Alfons Nöftä pudisteli päätään. Orvokki Öttiäinen ei piitannut välihuomautuksista, vaan jatkoi:

- Lisäksi olemme saaneet Humpulan Osakepankilta vähän apua. Olemme vähän seuranneet rahaliikennettä, ja huomanneet, että herrainvaatehtimo Alfons Nöftän tileille tulee maksusuorituksia huomattavasti enemmän kuin hänen liiketoimiensa perusteella olisi kohtuullista. Satutteko tietämään siitä mitään?

Alfons Nöftä piti kaislantähkät lepoasennossa ja onnistui kätkemään mahdollisen hämmästyksensä niiden taakse.

- Firmalla on tuloja ja myös menoja. Mitä siitä? Onko se rikollista? hän puolustautui.
- Ei tietenkään, jatkoi Öttiäinen. – Firmalla pitääkin olla tuloja. On vain niin, että vaatehtimossanne ei juurikaan käy asiakkaita, joten oletettavaa olisi, että tulonne eivät olisi kovin suuret. Silti Alfons Nöftän vaatehtimolla menee talouslukujen valossa ihan mukavasti. Pankkitilin

perusteella bisnes näyttää kukoistavan, ja herra Nöftä on jopa ilmaissut kiinnostuksensa laajentaa toimintaansa nykyisen kiinteistönsä lisäksi myös tulevaan toimintakeskukseen, jos sellainen perustetaan. Eikö vain?
- Ei kai sekään ole rikos?
- Ei vielä se. Lain kirjaimen harmaalle alueelle aletaan mennä siinä vaiheessa, kun laajennushalut ovat niin suuret, että halutaan raivata kilpailevan eläintarha-hankkeen kannattajat pois tieltä. Tavalla tai toisella. Jopa keinoja kaihtamatta.
- Tuo on valetta, huudahti Nöftä. – Minä en ole tehnyt mitään.
- Ette te itse. Mutta joku toinen. Ja tässähän meillä onkin juuri sopivasti paikan päällä myös Andrei Vochkin. Olisimme voineet raahata tänne myös Unto Vartiaisen, mutta hänen annoimme toistaiseksi olla rauhassa.

Orvokki Öttiäinen siirsi kysyvän katseensa Andrei Vochkiniin, joka oli alkanut hiljaa vapista tuolissaan.

- En mä nyt sitte sano mitä, vaikersi Vochkin hiljaa. – Kun toi kieltä mut puhua.
- Sanotte tai ette, kivahti Öttiäinen. – Se mitä kerroin, on joka tapauksessa tiedossamme olevaa faktaa, jota te ette pysty kiistämään. Ja juuri sopivasti saimme käsiimme laukun, jonka sisällöstä konstaapeli Hydson voi lausua pari sanaa.

Hydson nousi seisomaan ja kohotti laukkua kaikkien nähtäväksi.

- Todellakin, lausui Hydson. – Tämä laukku löytyi kätkettynä Andrei Vochkinin toimistosta. Tunnistatte varmaankin laukkunne, herra Vochkin?

Andrei Vockinin vilkaisu laukkuun ei kestänyt kauempaa kuin hänen taannoinen päätöksensä lyöttäytyä kimppaan Orvokki Öttiäisen kanssa.

- Mun on samanlainen, hän mutisi.
- Hyvinkin samanlainen, jopa sormenjälkiänne myöten. Tämä laukku sisältää ison joukon kuitteja maksuista, joita te, herra Vochkin, olette säännöllisesti maksanut Alfons Nöftälle.
- Näin arvasimmekin, jatkoi Orvokki Öttiäinen. – Seuraava kysymys on edelleen herra Vochkinille. Miksi olette maksanut rahaa säännöllisesti Alfons Nöftälle?
- Minä varoitan! Älä sano mitään! murisi Alfons Nöftä tuolissaan.

Andrei Vochkin nosti katseensa, mutta ei katsonut Alfons Nöftään vaan katsoi suoraan Orvokki Öttiäisen silmiin.

- Mä joutu maksa siksi että Nöftä kiristä minut.
- Ja miksi hän kiristää? jatkoi Orvokki Öttiäinen kuulusteluaan.
- Nöftä oli minu asiakas. Nöftä oli aino asiakas, joka katso itse tilit tarkka läpi. Hän näki, että mä oli vähä virhe tehny. Mut vaan vähä pieni.
- Eli maksoit hänen vaitiolostaan? kysyi Märäkäinen.
- Oli pakko maksa. Muuten mä istuisin tässä.

175

- No, siinä nyt istutte joka tapauksessa, hymähti Hydson.

Alfons Nöftä painoi päänsä käsiensä varaan ja paineli kämmenillään ohimoitaan.

- Alkaako päätänne särkeä, herra Nöftä, jatkoi Orvokki Öttiäinen. – Voisin todeta lisäksi, etten minäkään sokea ole. Me olemme Vochkinin kanssa kiertäneet ympäri kaupunkia yhdessä jos toisessakin firmassa, ja olen joutunut katselemaan vierestä hänen toimintaansa. Teki mieleni monta kertaa lyödä Vochkin rautoihin jo aikaisemmin, mutta ajattelin, että annetaan nyt sopan kiehua kypsäksi.
- Mä arvata että sinä huoma jotakin, myönsi Vochkin. – Siksi mä päätti häipy. Viimene pisara oli, ku tuo sälli tuli eile vakoilema ikkunan take.

Pultti yritti pidätellä yskänpuuskaansa ja otti kasvoilleen viattomimman "mitä, minäkö" –ilmeensä.

- Panin myös merkille, että et halunnut kiusata firmoja, jotka olisivat hyötyneet toimintakeskuksesta, jatkoi Öttiäinen Vochkinille.
- Mä jo sanosi et Nöftä kiristä mut. – Nöftä käski panema elukkatarha fanit kapula rattitte väleihi.
- Pyysin vain palvelusta. En käskenyt tekemään rikoksia, mutisi Alfons Nöftä. – Muuten olisin tehnyt ilmoituksen talousrikoksistasi. Se on totta. Olet pitkän aikaa siirtänyt monen firman rahoja omalle tilillesi!

- Tsot tsot, rauhoitteli Orvokki Öttiäinen. – Me tiedämme sen jo.

Keskustelu taukosi. Kun kukaan ei näyttänyt olevan halukas jatkamaan puhetta, päätti Orvokki Öttiäinen lopettaa kuulustelun.

- Tällä keskustelulla on nyt monta todistajaa, ja olemme nyt kuulleet tarpeeksi. Viemme asian tästä eteenpäin oikeuteen. Olisivatko konstaapelit ystävällisiä, ja johdattaisivat nämä kaksi herraa turvalliseen säilytykseen odottamaan oikeudenkäyntiään?

Hydson ja Mäkäräinen nousivat, tarttuivat kiinni Andrei Vochkiniin ja Alfons Nöftään, jotka eivät katsoneet hyväksi vastustella. Saattue poistui huoneesta. Orvokki Öttiäinen ja etsiväkaverukset jäivät paikalle kolmistaan. Tuli jälleen hetkeksi hiljaista.

- Saanko kysyä yhtä asiaa, joka on jäänyt vaivaamaan? kysyi Pöltsi rikkoen hiljaisen hetken.
- Totta kai, vastasi Orvokki Öttiäinen.
- Mitä tapahtui eilen Mutterin konepajalla? Miksi sidoitte Mutterin ketjulla kaappiin ja poistuitte paikalta? Ja miksi Vochkin lähti ensin yksin?
- Hyvä että kysyit, sanoi Orvokki Öttiäinen. – Meille tuli Vochkinin kanssa riitaa siellä paikan päällä. Minun mielestäni hän toimi liian rajusti. Hän menetti malttinsa, toimi niin kuin toimi, ja lähti ovet paukkuen. Jäin sisään miettimään mitä tekisin. Kuulin Mutterin mekastavan,

177

mutta en osannut auttaa häntä. Sitten näin teidät tien toisella puolella, ja katsoin parhaaksi tulla varoittamaan. Pelkäsin, että jos Vochkin palaa, tilanne saattaisi äityä liian kuumaksi, enkä halunnut saattaa teitä vaaraan. No, hän palasikin noutamaan minut, ja sain hänet rauhoiteltua autossa. Palasimme takaisin vapauttamaan Mutteria, mutta näimme, että te olitte jo saaneet hänet vapaaksi, joten häivyimme saman tien.

- Kuulostaa järkevältä, myönsi Pöltsi. – Kiitos selityksestä.
- Eipä kestä. Olinkin sen teille velkaa.

Tuli taas hetken tauko. Etsiväkaverukset olivat kahden vaiheilla, poistuako paikalta vai pitäisikö vielä jäädä.

- Köh, sanoi Pultti. – Tämä kuulustelu oli melko lyhyt. Nopeasti he kertoivat kaiken.
- Meillä oli teidän ansioistanne hyvät näytöt. Ja joskus tarvitaan vähän tuuria, nyökkäsi Orvokki Öttiäinen.
- Minulle oli kuitenkin pieni yllätys, että Alfons Nöftä tässä on se suurin konna, totesi Pöltsi.
- Vaikka aikamoiselta ketkulta hänkin vaikutti. Epämiellyttävä tyyppi, ainakin silloin, jos häneltä ei ole varaa ostaa edes viisikulmaista nenäliinaa, lisäsi Pultti.

Äkkiä Orvokki Öttiäinen näytti muistavan jotakin.

- Muuten, tiedättekö pojat, mikä oli se pikku juttu, mikä oikeasti sai meidät yhdistämään nämä kaksi tyyppiä toisiinsa?
- No mikä? kysyi Pöltsi.

178

- Köh? kysyi Pultti.

Orvokki Öttiäinen nauroi.

- No tietenkin P. Sidorowin ompelukone.
- Miten ihmeessä? kysyi Pöltsi.
- Koko kaupunki tiesi, että sitä ei koskaan siirretty pois Alfons Nöftän näyteikkunasta. Ei kertaakaan. Ei koskaan aikaisemmin. Sitä vartioimaan oli jopa asennettu valvontakamera. Paitsi nyt. Olinhan mukana matkassa, kun Andrei kävi ensin napsimassa valvontakameran johdon poikki. Silloin tiesin, että seuraavaksi hän aikoo varastaa ompelukoneen, jolla on Alfons Nöftälle äärettömän suuri tunnearvo. Ihmettelin miksi. Kysyin sitä myös Andreilta, mutta hän ei kertonut. Sanoi vain, että Nöftäkin ansaitsee osansa. Nöftäkin aavisti jotakin, koska hän siirsi seuraavaksi ompelukoneensa turvaan, pois näyteikkunasta. Mielestäni ei ollut loogista, että Andrei halusi tehdä kiusaa Nöftälle, koska olin jo huomannut, että vain eläintarhan kannattajaporukka oli saanut vahingonteoista osansa. Tämä Vochkinin toimi ei sopinut joukkoon. Siitä päättelin, että siinä on taustalla jotakin henkilökohtaista, että Vochkin ja Nöftä ovat jostakin syystä riidoissa keskenään, ja minulle heräsi mielenkiinto selvittää syy. Ja teidän ansiostanne se nyt selvisi.

Etsiväkaverukset kuuntelivat. Palaset loksahtelivat kohdilleen.

- Niinpä tietenkin, huokaisi Pöltsi. – Onhan se nyt aivan selvää. Ja niin kovasti kun mekin tuota pohdittiin. Tuloksetta.
- Eipä meistä tässä nyt kovin kummoista apua ollut, totesi Pultti.
- Paitsi, että nyt Nokonen ja Tirsa saavat nyt kai elvyttää vartiointitoimensa uudelleen, lisäsi Pöltsi.
- Totta kai saavat, naurahti Orvokki Öttiäinen. – En minä halua heidän apajilleen. Se oli vain osa peitetarinaa. Teen heidän hyväkseen minkä voin. Käyn läpi kaikki firmat ja houkuttelen ne takaisin Nokosen ja Tirsan asiakkaiksi.
- Kiitos. Sittenpä voimme käydä kertomassa heille hyvät uutiset, sanoi Pöltsi.
- Mitä firma se teidän Vorovex oikein on? kysyi Pultti.
- Ei sellaista ole oikeasti olemassakaan, selitti Orvikki Öttiäinen. – Ei minulla ole enää omaa vartiointifirmaa. Lopetin sen kannattamattomana silloin kun aloitin poliisihommat. Kunhan vaan teetettiin sellaisia käyntikortteja, että näytettäisiin uskottavalta. Eikä sen nimi ollut Vorovex. Minulla oli yhtiökumppani, ja firman nimi oli "Eijan ja Orvokin urkinta- ja kyttäyspalvelu".
- Ahaa. Kun nyt tarkemmin ajattelen, niin meidän tarkoitus ei ollut sekaantua poliisin asioihin, täydensi Pultti. – Mehän vähän niin kuin luvattiin avittaa Nokosta ja Tirsaa. Sehän se meidän juttu tässä oli, eikä mikään muu. Anteeksi jos sekoitimme muita asioita.
- Olette te toki olleet suureksi avuksi meillekin, kiitti Orvokki Öttiäinen. – Ilman teitä tämäkin juttu olisi voinut

mutkistua vielä pahemmin. Kyllä me olemme teille ison kiitoksen velkaa!

Etsiväkaverukset vilkaisivat hämillään toisiinsa. Ylitsevuotava kiitollisuus oli hämmentävää, ja suhtautumista siihen piti sulatella. Hetken jälkeen molemmat katsoivat Orvokki Öttiäiseen.

- Kiitos vaan, aloitti Pöltsi. – Onhan se nyt toisaalta niinkin, että...
- ... menestys ei meitä masenna! lopetti Pultti.

Jälkikirjoitus, jos se jotakuta kiinnostaa

Oikeus päätti myöhemmin, ettei Alfons Nöftä ollut syyllistynyt muuhun kuin Andrei Vochkinin ja Unto Vartiaisen painostamiseen. Hänet tuomittiin sakkoihin. Tapaus ei levinnyt kaupungilla yleiseen tietoon, joten Alfons Nöftä onnistui säilyttämään arvostetun maineensa ja sai jatkaa liiketoimiaan entiseen malliin. Hän otti tapauksesta opikseen, eikä enää häirinnyt toisten ihmisten elämää.

Andrei Vochkin tuomittiin väkivallanteoistaan roimiin sakkoihin ja maksamaan korvauksia kohteiksi joutuneille henkilöille, sekä palauttamaan tilitoimistonsa nimissä kavaltamansa rahavarat firmoille. Vochkin maksoi, ja poistui Humpulan kaupungista vähin äänin. Hän myi tilitoimistonsa uusille omistajille, jotka nimesivät sen uudelleen omien nimiensä mukaisesti nimellä Paltti ja Ralla.

Vakuutusyhtiö korvasi poliisitutkinnan tulosten perusteella Topi Dobermanille eläintarvikeliike Vuhvun palovahingot. Vakuutuskorvausten turvin hän sai rakennettua itselleen uuden ajanmukaisen liikkeen, johon hän oli hyvin tyytyväinen. Vakuutusyhtiön ehtona oli, että heinäpaaleja ei saa säilyttää sisällä liikkeessä.

Nokonen ja Tirsa saivat kaikki vanhat asiakkaansa takaisin. Lisäksi heidän asiakaskuntansa paisui niillä yrityksillä, jotka Vorovex oli onnistunut haalimaan uusina asiakkaina. Nokonen ja Tirsa olivat liiketoimintansa uudesta kukoistuksesta niin kiitollisia etsiväkaveruksille, että tarjoutuivat vartioimaan heitä yötä päivää. Pultti ja Pöltsi kieltäytyivät kohteliaasti, mutta sopivat sen sijaan, että voivat milloin tahansa pyytää veloituksetta Nokosen ja Tirsan apua.

Orvokki Öttiäinen palasi sinne mistä oli tullutkin, toisen vähäpätöisen kaupungin liikenteenvalvojaksi. Humpulan poliisitoimi oli jälleen Kai Mäkäräisen ja Hannes Hydsonin tukevilla harteilla.

Unto Vartiainen jatkoi talonmiehen toimessaan, ja oppi pitämään tulitikkunsa tallessa.

Ränsistyneen kaupunginosan puutaloja alettiin vähitellen kunnostaa paikallisten yrittäjien rahoituksen turvin. Niistä kehittyisi vähitellen suunniteltu toimintakeskus. Myös Alfons Nöftä pääsi apajille, ja sai rakenteille tilat Humpulan ompeluseuran järjestämiä villasukkien kudontailtamia varten. Huhut kertoivat, että Alfons Nöftä kävi itsekin siellä tekemässä viisikulmaisia nenäliinoja.

Ja eräänä kuulaana loppukesän päivänä, jolloin ensimmäiset yöpakkaset jo nipistelivät arimpia koivunlehtiä, Humpulan katukuvaan ilmestyi yhtäkkiä mustavalkoinen joukko pingviinejä, joille ihastuneet kaupunkilaiset ryhtyivät talkoovoimin Humpulan puutarhurien johdolla kyhäämään eläintarhaa. Kaupunki lahjoitti sitä varten tontin Humpuveden rannalta. Eläintarhan avajaisia suunniteltiin seuraavaksi kesäksi.